오늘 가장 빛나는 너에게

오늘 가장 빛나는 너에게

초판 1쇄 발행 · 2024년 6월 14일

지은이 · 이재은
발행인 · 이종원
발행처 · (주)도서출판 길벗
브랜드 · 더퀘스트
출판사 등록일 · 1990년 12월 24일
주소 · 서울시 마포구 월드컵로 10길 56 (서교동)
대표전화 · 02)332-0931 | **팩스** · 02)323-0586
홈페이지 · www.gilbut.co.kr | **이메일** · gilbut@gilbut.co.kr

기획 및 책임편집 · 오수영(cookie@gilbut.co.kr), 유예진, 송은경 | **제작** · 이준호, 손일순, 이진혁
마케팅 · 정경원, 김진영, 김선영, 최명주, 이지현, 류효정 | **유통혁신팀** · 한준희
영업관리 · 김명자 | **독자지원** · 윤정아

디자인 · 디스커버 | **교정교열** · 김순영 | **일러스트** · 지은그림
CTP 출력 및 인쇄 · 영림인쇄 | **제본** · 영림인쇄

ISBN 979-11-407-1010-2 (03810)
(길벗 도서번호 090250)
정가 19,800원

독자의 1초까지 아껴주는 길벗출판사

(주)도서출판 길벗 | IT교육서, IT단행본, 경제경영서, 어학&실용서, 인문교양서, 자녀교육서 www.gilbut.co.kr
길벗스쿨 | 국어학습, 수학학습, 어린이교양, 주니어 어학학습, 학습단행본 www.gilbutschool.co.kr

하루 끝에 건네는
따스하고 다정한 응원들

이재은 에세이

오늘 가장 빛나는 너에게

더 퀘스트

어서 오세요, 마음의 정원에

쉼을 주는 나만의 안식처

바쁜 일상에 치여 살다 문득 마음을 들여다보았습니다. 마음 곳곳에 잡초와 덤불이 무성했고 이런저런 상처들로 더러워져 있었어요. 마치 손쓸 수 없이 버려진 정원처럼 보였습니다. 작은 일에도 미움이 찾아들었고, 내일이 오는 것이 기대되지 않았어요. 열정과 의욕은 온데간데없고 무기력만이 저를 가득 채울 무렵이었습니다.

더 이상은 안 되겠다는 생각이 들었습니다. 내가 손을 놓고 있으면 아무것도 되지 않는다는 사실을 깨달았지요. 이내 소매를 걷어붙이고 황폐해진 마음 정원을 가꾸기 시작했습니다. 무성한 잡초와 덤불을 뽑고 벌레와 해충을 쫓아내고 흙을 고르게 펴고 나니 조금씩 밝은 기운이 차올랐어요.

그렇게 정돈된 마음밭에 씨앗을 뿌리고 예쁜 꽃도 심고 쉴만한 물가를 만들다보니 싱그러운 잎이 자라나고, 작지만 알찬 열매도 맺히기 시작했어요. 어느새 새들이 찾아와 깃드는, 언제든 와서 쉴 수 있는 나만의 안식처가 되었습니다.

이렇게 주의를 기울여 돌보지 않으면 금세 큰 돌멩이와 잡초가 가득해지는 곳, 그러나 따스한 손길이 들어가면 꽃과 나무가 만발할 수 있는 곳, 그곳이 바로 마음 정원입니다.

마음을 돌보는 일은 어쩌면 막막하고 어려워 보일 수도 있어요. 하지만 막상 돌봄을 시작하면 왜 진즉 하지 않았을까 싶을 정도로 무척이나 즐겁습니다. 언제 어디서나 가능하고 아주 잠깐의 시간이면 된다는 점도 좋지요.

이 책은 제가 꾸준히 마음을 돌보고 가꾸어왔던 것처럼, 여러분도 스스로의 마음 정원을 돌볼 수 있도록 만들었어요. 잠깐의 쉼을 통해 마음에 새로운 활력을 줄 수 있도록 말이에요.

이 100일의 여정을 모두 마치고 나면 여러분의 마음에도 든든한 나무와 향기로운 꽃, 안락한 의자와 작은 산책로가 있는 하나의 정원이 생겨날 거예요. 그리고 이전보다 조금 더 단단해진 자신을 마주하게 될 거예요.

마음밭을 다지는 100일의 여정

이 책은 여러분에게 드리는 저의 작은 응원과 보드라운 위로입니다. 치열하게 살아낸 하루의 끝에서 여러분의 마음에 먼지처럼 쌓인 부정적인 감정들을 쏟아주는 쉼터가 되었으면 좋겠어요. 미움과 상처, 죄책감으로 응어리진 마음이 조금이나마 가벼워지기를 바랍니다.

저 역시 읽고, 쓰고, 질문에 답하며 제 마음에 박힌 부정적인 감정을 녹여 흘려보냈거든요. 그러니 가장 편안한 시간에 언제든 이 책을 꺼내어 읽어주세요.

특히 하루를 마무리하는 저녁시간이면 더욱 좋습니다. 나쁜 감정을 건강하게 해소하는 동시에 좋은 감정을 갖고 잠들게 해주거든요. 다음 날 상쾌한 기분으로 아침을 맞이할 수 있는 건 덤이랍니다.

매일 봐도 좋고, 일주일에 한두 번씩 봐도 좋아요. 다만 책을 읽기 위해 너무 많은 에너지를 쏟지는 마세요. 그저 가벼운 마음과 걸음이면 충분합니다.

그럼 이제 가만히 책장을 넘겨보세요. 나의 마음밭을 어떻게 가꿔야 할지 100일에 걸쳐 그 과정을 하나씩 밟아보세요. 긍정적이고 다정한 글을 하루에 딱 한 장씩만 읽고 써도 놀라운 변화를 체감할 수 있습니다. 그렇게 차근차근 여러분의 마음 정원을 가꾸며 쉼을 얻고 즐거움을 누리길 바랍니다.

때로는 활짝 핀 꽃을, 때론 푸르른 난초를, 또 때론 탐스러운 과일을 발견할 수 있을 거예요.

어서 오세요, 저의 마음 정원에.

목차

1장 · 마음을 다스리는 한 줄

: 마음밭을 고르고 터 잡기

2장 · 진짜 나를 발견하는 한 줄

: 여러 가지 씨앗 뿌리기

3장 · 내면을 채우는 한 줄

: 새싹에 물과 비료 주기

4장 · 긍정을 피워내는 한 줄

: 정성스레 보듬어 꽃 피우기 ♥

이 책의 활용법

❶ 하루 중에서 혼자 있는 시간에 책을 펼쳐주세요. 그리고 이왕이면 하루를 마무리하는 저녁 시간이 좋습니다.

❷ 폭신한 소파에 앉아도 좋고, 침대 위에 엎드려서 편하게 자리를 잡아도 좋아요. 귀여운 조명이 비추는 책상 앞에 앉아도 됩니다(중요한 건 책을 보는 나의 자세가 불편하지 않은 거예요. 자세가 불편하면 마음이 편해질 수도 없거든요).

❸ 좋아하는 색깔의 펜이나 내 손에 꼭 맞는 연필을 준비해 주세요.

❹ 몸의 힘을 빼고 편안하게 한 장 넘겨주세요. 한 문장, 한 문장을 천천히 읽어주세요. 그 문장을 읽는 순간 느껴지는 자기 감정에 집중해주세요.

❺ 글을 다 읽었으면 바로 다음 페이지를 봅니다. '마음속 긍정 한 줄'은 책의 구절을 따라 써보는 필사 공간이에요. 글을 따라 천천히 써보면서 마음을 다독여보세요.

❻ '나를 바꾸는 한 줄 질문'에는 답을 적어보세요. 정답은 없어요. 편안하고 자유롭게 써나가면 됩니다. 스스로도 몰랐던 자신을 발견하고 조금은 넓어진 내 마음을 만나게 될 거예요.

❼ 여러분이 쓴 그 대답이 마음 정원의 씨앗이에요. 새싹이 잘 자라고 꽃이나 나무가 되는 그날을 기다려보세요. 저도 함께 기다릴게요.

1장

마음을 다스리는 한 줄

: 마음밭을 고르고 터 잡기

기름진 땅에서 예쁜 꽃이 피어날 수 있고, 기본기가 탄탄해야 다음 단계를 배울 수 있습니다. 마찬가지로 마음 정원을 가꾸려면 먼저 내면에 깨끗하고 단단한 마음밭을 만드는 것이 첫 번째 할 일입니다. 마음에 박혀 있던 커다란 돌, 잡초를 뽑으며 거칠고 울퉁불퉁한 땅을 고르게 만들어보세요.

차디차게
언 마음을 녹여보아요

차갑게 얼어버린 메마른 땅에는
아무리 건강한 씨앗을 뿌려도 싹이 돋아나지 못합니다.
돌멩이와 쓰레기, 잡초로 가득한 노지에는
고급 비료를 주어도 생명이 살아나지 못하지요.
먼저 땅을 고르고 다져서 씨앗을 품을 준비를 해야 해요.

마음밭도 마찬가지입니다.
마음을 꽁꽁 얼리는 차디찬 비난의 말,
여기저기 박혀 있는 상처들은
긍정적인 마음이 자라날 틈새를 막아버려요.

좋은 마음을 키워내고 싶다면
천천히 마음밭을 고르는 작업부터 해보세요.
차분히 앉아 눈을 감는 것부터 시작하면 됩니다.
크게 심호흡하면서 마음을 들여다봅시다.

지금 나의 마음밭은 돌이 가득 차 있을 수도,

뾰족한 가시로 둘러싸여 있을 수도,

잡초가 키만큼 자라 있을 수도 있어요.

그래도 괜찮아요.

지금부터 가꿔나가면 되니까요.

아래 문장을 읽으며 한번 상상해보세요.

눈에 보이지 않는 기분들을 시각화하면

그 상상은 현실이 됩니다.

하나씩 머릿속에서 떠올려보세요.

마음에 박힌 가시를 하나씩 빼버립니다.

누군가가 던져놓은 커다란 돌덩이를 밀어냅니다.

내 의도와 상관없이 자라버린 잡초를 뽑아냅니다.

내 마음에 박힌 가시들이 모두 사라집니다.

내 마음에 타인이 던진 돌덩이들이 모두 사라집니다.

내 마음에 무성하게 자란 잡초들이 모두 사라집니다.

긍정의 마법 주문을
외워보세요

거울 앞에 서보세요. 익숙한 나의 모습이 보일 거예요. 하지만 이번에는 겉모습뿐만 아니라 나의 마음속도 함께 들여다보세요.

거울은 나의 어떤 마음을 비추고 있나요? 어떤 생각을 하고 있는 것 같나요? 무표정에 어딘가 생기 없는 모습인가요? 혹시 '오늘도 출근해야 하는군. 벌써 지겹다.' 이런 비관적인 생각을 하고 있나요? 그러면 그날은 생각한 대로 지겹고 힘든 하루가 되고 말 거예요.

반대로 힘이 넘치고 생기 있는 하루를 보내려면 어떻게 해야 할까요? 어렵지 않아요. 바로 나 자신에게 '긍정의 마법 주문'을 외우는 거예요. 이 긍정 마법을 쓸 때는 마법 지팡이 같은 건 없어도 돼요. 그저 처음 바라보았던 거울을 한 번만 잘 닦아 준비해주세요.

제가 평소에 외우는 마법의 주문을 공개합니다. 따라 하셔도 되고, 자기만의 주문을 만들어 외우셔도 돼요.

긍정의 마법 주문

① 거울을 바라보고 선다.

② 숨을 깊이 들이마셨다가 내쉰다.

③ 모든 부정적인 생각과 무표정을 멀리 버린다고 2~3번 상상한다.

④ 이제 눈을 감고 자신에게 다음과 같이 말한다.
'오늘은 감사와 긍정의 기운이 나를 휘감는 날이 될 거야.'

⑤ 다시 눈을 뜨고 나를 바라보며 위 문장을 3번 반복하며 말한다.

오늘은 감사와 긍정의 기운이 나를 휘감는 날이 될 거야.

느리지만 행복하게 춤추는 고래처럼

류인현 님의 《춤추는 고래는 행복하다》를 보면 '혹등고래'가 주인공으로 등장해요. 거대한 몸집에 느릿느릿 움직이는 혹등고래는 그 존재만으로도 다른 생물들에게 위압감과 두려움을 느끼게 한대요.

그런데 겉모습과 다르게 혹등고래가 '바다의 수호천사'로 불릴 만큼 착한 성격을 가졌다는 거, 아세요? 놀랍게도 혹등고래는 그 큰 몸집으로 바닷속 작은 동물들을 큰 동물들에게서 보호해주기도 하고, 바닷속을 탐험하는 사람들에게 신호를 주어 위험한 곳에서 벗어날 수 있게도 해준대요. 심지어 죽고 나면 사체가 바다 밑바닥까지 가라앉아 심해 생물들의 먹이가 된다고 해요.

요즘 내 마음은 어땠나요? 주위를 따뜻하게 보살피는 혹등고래였나요, 아니면 거칠고 사납게 사람들을 공격하는 식인 상어였나요? 조금의 여유를 갖고 혹등고래처럼 누군가를 옆에서 지켜주고 도와주는 시간을 보내면 어떨까요?

나는 느리지만 행복하게,
따뜻한 마음을 나누는 사람입니다.

마음 보부상의
고백

큰 가방에 물건을 이것저것 꾹꾹 눌러 담아
메고 다니는 사람을 '보부상'이라고 하죠?
비슷하게 저는 '마음 보부상'이에요.
온갖 잡동사니로 가득 차 있는 출근 가방만큼이나
내 마음도 갖가지 생각들로 잔뜩 들어차 있지요.

완벽하게 잘하려는 욕심,
실수하면 안 된다는 부담감,
늘 좋은 사람으로 보이려는 가식,
열등감과 비교의식…….

이렇게 너무 많은 것을 다 지고 가려면
하루하루가 버겁고 힘들 수밖에 없어요.
한번에 모든 것을 이고 다닐 순 없습니다.
그래서 조금씩 내려놓는 연습을 해봅니다.

나의 힘으로 할 수 없는 것들은 순리에 맡기고
흘러가는 대로 자연스럽게 따라가는 거예요.

커다란 마음의 짐을 내려놓을 때
비로소 진정한 자유와 기쁨을 누릴 수 있어요.
우리, 모든 것을 다 안고 가려고 하지 않기로 해요.
많이 내려놓을수록, 더 많이 채울 수 있으니까요.

마음속 긍정 한 줄 ◆

커다란 마음의 짐을 내려놓을 때
진정한 자유와 기쁨을 누릴 수 있습니다.
나는 모든 것을 다 안고 가려고 하지 않습니다.

5일　　불안의 그림자가
　　느껴질 때

마음이 유난히 쪼그라드는 날이 있습니다. 그럴 때 잠깐 눈을 돌려 살펴보면 내 옆에 커다란 그림자가 하나 보입니다. 바로 '불안'이라는 존재입니다.

불안은 점점 작아지는 내 마음과는 반대로 계속 커집니다. 나의 흔들림, 두려움, 초조함을 먹고 자라기 때문이지요. 나의 어둡고 부정적인 감정들은 이 불안과 합쳐져 점점 더 크게 다가옵니다.

그러면 불안이라는 이 어두운 그림자, 나를 가로막는 장애물을 어떻게 하면 떨쳐버릴 수 있을까요? 가장 좋은 방법은 지금 내 마음속에서 스멀스멀 자라나는 불안감을 '우습게 생각하기'입니다.

불안한 상황

자려고 눈을 감으면 머릿속에 무서운 생각들이 가득 찬다.

검은 복면을 쓴 사람이 나를 해치려고 해서 불안하다.

우습게 생각하기

복면 쓴 사람의 검은색 복면을 귀여운 가면으로 바꿔 상상해본다. 고양이처럼 큰 눈과 귀가 달린 복면을 쓰고 있다고 생각해본다. 이내 폴짝 뛰어 창문 밖으로 나가버리는 장면을 상상한다.

당신이 지금 느끼는 불안의 원인은 무엇인가요? 무엇 때문에 그토록 불안한가요?

어떤 것이든, 어떤 모습이든 불안은 당신이라는 커다란 존재 안에서 '작고 하찮은 것'일 뿐이라고 생각해보세요. 당신의 긴 인생에서 지금 불안의 시간은 찰나에 불과합니다. 그렇게 불안이 점점 작아져 먼지와도 같아지면 떨치기 힘든 상황들도 픽, 하고 웃어넘길 수 있을지 모릅니다.

지금 내가 느끼는 불안은 무엇인가요? 그 불안은 어떤 우스운 존재로 바꿔서 생각해볼 수 있을까요?

불안한 상황

우습게 생각하기

6일 무엇을 하고 싶은지는
내 마음이 가장 잘 알아요

이효리 님이 모 대학교에서 했던 축사가 기억에 남습니다.

"여러분, 마음 가는 대로 사십시오. 그 누구의 말보다 더 귀 담아들어야 하는 건 자기 자신의 마음의 소리입니다. 당신은 잘하고 있고 사랑받을 자격이 있으니 그대로 쭉 나아가세요. (중략) 많이 부딪히고, 많이 다치고, 많이 체득하세요. 나만이 나를 온전히 이해할 수 있고, 사랑할 수 있고, 용서할 수 있습 니다. 나를 인정하고 내 목소리를 낼 때 진정한 자유가 느껴 집니다."

나 자신에게 귀를 기울이고 하고 싶은 걸 하면서 살기에도 짧 은 인생이에요. 그러니 모두가 가는 길을 가기보단 내가 진짜 원하는 게 무엇인지 아는 게 중요합니다. 오늘 내 마음은 무 엇을 말하고 있나요? 한번 차분히 들어볼까요?

내가 진짜 원하는 것은 무엇인가요? 내가 정말 하고 싶은 일
은 무엇인가요?

마음의 얼룩을
벗겨내는 시간

주말에 조금 늦게 일어나 이불을 갠 뒤
커피 한잔을 들고 빨래가 끝나길 기다리는 시간.
찰박찰박,
쪼르르,
윙-윙.

음식 얼룩, 미세먼지, 어디선가 묻어나온 까만 흔적들.
세탁기가 열심히 옷에 묻은 때를 지워내고 있습니다.
그 소리를 BGM 삼아 내 마음에도 묻은 때를 지워냅니다.
한 주 동안 까맣게 얼룩이 진 것들 있잖아요.
누군가를 미워하거나 험담했던 일, 사소한 일에 짜증을 부렸
던 일, 다른 사람에게 상처를 주었던 일까지.

빨래가 끝나면 때가 지워지고 좋은 향기만이 남듯
그렇게 어느새 마음의 얼룩도 지워집니다.

내 마음에 묻은 오염된 얼룩은 어떤 건가요?

비워야 다시
채울 수 있어요

마음이 복잡하고 답답할 땐 책상 정리를 합니다.
서랍 깊숙한 곳에 넣어둔 잡동사니들,
아직 버리지 못한 오래된 서류들,
구석구석 뿌옇게 쌓인 먼지를 털어내고 닦아내다 보면
복잡했던 마음이 어느덧 맑고 단순해져요.

쓸모없는 것들은 버리고 어지러운 주변을 정리하면
뒤죽박죽 고민으로 가득했던 머릿속도 비워지고
자연스레 생각도 가벼워집니다.

잊고 싶었던 기억, 창피했던 순간, 감추고 싶었던 상처까지
가득 찬 것을 버리며 마음을 청소해요.
마침내 모두 비워낸 그 자리에
잃어버렸던 꿈과 열정을 다시 채워보는 거예요.
오늘은 그동안 미뤄두었던 정리를 시작해보면 어떨까요?

당신이 지금 비워내고 싶은 마음은 무엇인가요?
모두 비운 다음에 다시 채우고 싶은 것은 무엇인가요?

비워내고 싶은 마음

다시 채우고 싶은 것

마음이 힘들 땐
나만의 대나무 숲을 찾아요

언젠가부터 저는 감정을 잘 털어놓지 않게 되었습니다.
그게 부정적인 감정이라면 더더욱 그런데요.
불쑥불쑥 드는 나쁜 감정들은 전염성이 강하거든요.
나는 털어놓으면 그만이지만 상대방에게는 흔적을 남기지요.

그래서 아무한테도 말하고 싶지 않은데 말할 곳이 필요할 때
저는 저만의 대나무 숲을 찾아갑니다.
나의 바닥에 깔린 감정까지 여과 없이 털어놓는 곳,
나의 우울과 불안을 가식 없이 드러낼 수 있는 곳이요.

작은 공원의 벤치에 앉아 나 자신과 대화를 나누거나
좋아하는 구절이 가득 적힌 책을 틈틈이 읽거나
책상 위에 놓인 노트에 쓰면서 마음을 쏟아내곤 해요.

그렇게 부정적인 감정을 비워내고 나면

혼란스럽고 요동쳤던 마음이 차분해지고
다시 할 수 있을 것 같은 용기가 생긴 답니다.

어느 날 우울한 감정이 밀려올 때
누구의 눈치도 보지 않고 후련히 쏟아낼 수 있는
나만의 대나무 숲을 만들어보세요.

이곳은 '나만의 대나무 숲'입니다.

지금 내 마음에는 어떤 부정적인 감정이 숨어 있나요?

우울한 생각, 혼란스러운 마음 등 무엇이든 적어보세요.

끝없는 죄책감 꼬리 물기는 끊어내세요

사람은 누구나 실수를 합니다. 저도 마찬가지예요. 열심히 준비한 시험에서 실수하기도 하고, 무심코 꺼낸 말 한마디로 다른 사람에게 상처를 주기도 하고, 때로는 잘못된 선택을 한건 아닐까 의심하기도 하지요.

> "왜 그렇게 했을까."
> "그렇게 하지 말걸."
> "조금만 더 잘해볼걸."

그럴 때마다 후회가 듭니다. 후회가 계속되면 그 상황을 곱씹으면서 자신을 책망하거나 괴로워합니다. 급기야 스스로가 형편없는 존재라고 생각하기도 하지요. 하지만 이런 끝없는 죄책감 꼬리 물기는 답이 아닙니다.

죄책감은 과거에 매몰되게 해서 더 중요한 현재를 놓치게 할 뿐입니다. 이럴 땐 실수에 집착하지 않고, 작은 감정에 연연해하지 않고, 그 모든 것을 딛고 앞으로 한 발짝 나아가려는 노력이 필요해요. 자신의 가치를 떨어뜨리는 후회와 죄책감 꼬리 물기는 이제 그만 끊어내세요.

딱 실수한 만큼만 아파하고 충분히 되돌아본 다음에는 자신을 용서해주세요. 그리고 다시 나아가세요. 어느 순간 돌아보면 그 모든 것이 아무것도 아니었음을 깨달을 거예요. 그때의 나는 나대로 최선을 다했으니까요.

후회와 죄책감의 꼬리 물기는 이제 끊어냅니다.
그리고 다시 앞으로 한 발짝 나아갑니다.

11일 물 흐르듯 자연스레
나아가는 삶

"열심히, 열정적으로 살되 너무 애쓰지 말자.

집착하지 말자.

물 흐르듯이 자연스레 나아가자."

어떤 일을 마주할 때마다 마음속으로 다짐하는 말입니다. 나에게 주어진 일을 열과 성을 다해서 해내는 것은 정말 중요하죠. 하지만 그걸 넘어 집착하지 않으려고, 그래서 애처로워 보이지 않으려고 노력합니다.

최선을 다하는 것과 끙끙 앓으며 애를 쓰는 것은 달라요. 나 자신을 잃어버리면서까지 무언가를 이루려고 하는 게 애처로운 모습이죠. 나에게 맞지 않는 신발을 신고는 멀리 갈 수 없듯이, 지금 내가 있는 자리에서 갈 수 있는 만큼만 나아가는 게 중요합니다.

지금 내가 가지고 있는 능력은 50인데 100의 결과를 내려고 한다면, 열심을 넘어 무리하게 되고 그러다 보면 부작용이 생길 수밖에 없겠죠? 어쩌면 그런 마음은 열정이 아니라 교만입니다. 무언가를 이루기 위해 자신의 능력 이상으로 과하게 하려다 보면 금세 지쳐 나가떨어질 수밖에 없어요.

오늘은 내가 가진 50만큼만 해내고, 다음에 70, 그다음에 90……. 그렇게 할 때 비로소 100을 해낼 수 있습니다. 조금씩, 한 걸음씩 나아가려는 마음가짐이 필요하지요. 소설가 김영하 님도 비슷한 이야기를 한 적이 있습니다.

> "내 능력의 쓸 수 있는 6, 70퍼센트만 쓴다. 나를 최대치로 쏟아부을 수도 있지만 그러지 않는다. 하루하루 남겨둔 힘이 모여 갑작스러운 위기에 맞서는 힘이 될 수 있기 때문이다."

그러니 우리 너무 애쓰지 말고,
너무 욕심부리지 말고,
지금 내 모습 그대로 솔직하게,
천천히 나아가기로 해요.

오늘 나를 방전시킨 일은 무엇인가요? 내 에너지를 아껴 쓰기 위해 힘을 어떻게 나눠 쓰면 좋을지 적어보세요.

두려워 말고
나만의 길로 나아가세요

두려워 말고 걸음을 내디뎌라.

미리 다 그려진 지도를 바라지 마라.

뜻밖의 일이 벌어지게 두어라.

뭔가 새로운 것이 자라게 하라.

_헨리 나우웬(Henri Nouwen)

처음 가는 길은 낯설고 두렵고 떨리지만

또한 그렇기에 누릴 수 있는 자유가 있습니다.

경험해보지 못한 새로운 기회와 기쁨이 있지요.

때론 한 걸음을 내딛는 일조차 버거울 때도 있지만

용기를 내서 딱 한 발자국만 떼어보세요.

편한 길이 아닌 새로운 길, 가보지 못한 길을 가보는 거예요.

자기만의 길을 개척해간다면

언젠가는 누구도 대체할 수 없는 존재가 되어 있을 거예요.
그 수많은 시간들이 모여서 나만의 길이 될 거예요.

그러니 두렵고 막막한 마음이 들어도 포기하지 말고
용기를 내서 지도에 없는 길로 한 걸음 내디뎌보세요.
뜻밖의 일이, 새로운 것이 당신을 기다리고 있을 거예요.

두려워 말고 걸음을 내디뎌라.

미리 다 그려진 지도를 바라지 마라.

뜻밖의 일이 벌어지게 두어라.

뭔가 새로운 것이 자라게 하라.

부족함을 인정하는 사람은
건강하다

많은 사람이 스스로 부족함을 인정하면
자신의 가치가 낮아진다고 생각합니다.
상대방이 나를 얕보거나 무시하진 않을지,
그동안 쌓아온 커리어가 평가절하되진 않을지 걱정해하죠.
그래서 부족한 모습을 어떻게든 가리려고 고군분투합니다.

하지만 오히려 솔직하고 담담하게,
자신의 부족함을 드러내고 인정할 줄 아는 사람이
더 강하고 건강한 사람이 아닐까요?
혹시 실수하거나 모르는 것이 생겼을 때
겸허히 받아들이고 배울 자세가 되어 있으니까요.

그런 사람들은 자신이 알고 있는 것을 뽐내고 드러내기보다
배우고 성장하는 걸 더 중요하게 생각하지요.
보이는 것에 집착하고 남을 의식하기보다는

내면을 채워가는 일에 더 큰 공을 들입니다.

부족함을 애써 감추고 회피하려고 하지 말고

당당하게 드러내고 마주해보세요.

부족함은 나의 약점이 아니라

새로운 것을 채울 수 있는 여유 공간입니다.

자신을 서서히 채워가는 즐거움을 발견할 거예요.

나를 마주할수록 나는 점점 강한 사람이 되어갑니다.

내가 새롭게 채우고 싶은 부분은 무엇인가요? 그것을 위해
무엇을 하면 좋을까요?

새롭게 채웠으면 하는 것

그것을 위해 내일 할 수 있는 일

14일

언제나 오늘이 처음인
당신에게

잠자리에 누워 이불을 덮다가 이내 '이불 킥'을 하고 맙니다.
'아, 그렇게 말해선 안 됐는데!', '다른 선택을 했어야 했는데.'
처럼 오늘 내가 했던 말, 행동, 실수들이 머릿속을 뱅뱅 돌아
다닙니다. 후회하고 자책하고 원인을 캐고 방법을 찾다 보니
어느새 새벽 2시를 넘기고 맙니다.
혹시 당신도 지금 후회에 사로잡혀 있나요? 그렇다면, 조금
은 내려놓으세요. 가벼운 실수 좀 하면 어떤가요. 오늘은 누
구나 처음인걸요. 모든 하루가 완벽할 순 없어요. 서투른 게
당연합니다.

'오늘의 나로선 그게 최선이었어. 크게 마음 쓰지 말고 내일
더 잘하자!'

너무 자신을 몰아치지 마세요. 실수하더라도 마음에 여유 한
칸은 남겨놓으세요. 오늘보다 내일은 훨씬 능숙할 거예요.

오늘은 누구나 처음입니다.

모든 하루가 완벽할 순 없어요. 서투른 게 당연합니다.

너무 자신을 몰아치지 마세요.

내 모습 이대로
사랑하시네

내 모습 이대로 사랑하시네.

연약함 그대로 사랑하시네.

평소 제가 즐겨 듣고 즐겨 부르는 〈내 모습 이대로〉라는 노래의 첫 구절인데요. 부족하고 연약한 나의 모습이 부끄럽고 실망스러울 때 큰 위로가 되어준 노래입니다.

사실 나조차도 나의 모습을 온전히 사랑하지 못할 때가 많잖아요. 그런데 이렇게 작고 나약한, 있는 그대로의 나를 사랑하는 누군가가 있다는 그 말이 참 감사하고 따뜻하게 느껴졌어요.

오늘도 거친 세상의 한가운데에서 이리 치이고 저리 치이며, '내가 과연 뭐라도 할 수 있을까' 자기 의심으로 하루를 보내는 분이 있다면 이 노래 가사를 꼭 전하고 싶어요.

당신은 사랑받을 자격이 충분해요. 당신은 그 모습 그대로 아름답고 사랑스러워요. 스스로 이야기해주세요.

"○○아, 너를 이 모습 그대로 사랑해."

"○○아, 너를 이 모습 그대로 사랑해."

16일

자존은
나로부터 쌓입니다

언젠가 한 예능 프로그램에서 홍진경 님이 '자존감'에 대해서 말한 적이 있어요.

> "저를 우습게 생각하시는 분들도 많을 거예요. 그런데 저는 제가 다른 분들에게 어떻게 보이든 중요하게 생각하지 않아요. (중략) 매일매일 내가 지내는 내 집의 정리 정돈, 여기서부터 자존이 시작되는 것 같아요. 그런 것들이 정돈되고 매일 채워가다 보면 나중에는 나에 대한 자존이 쌓여서 내가 내 이름을 걸고 하는 일, 나한테 맡겨지는 일, 모든 것을 정말 예쁘고 퀄리티 있게 할 수 있게 돼요, 결국에."

저 역시 방송을 하는 사람이라서 타인에게 보이는 모습이 처음엔 꽤 중요했어요. 하지만 화려한 겉모습, 내게 맞지 않는 목소리로 방송을 하다 보니 나중엔 '내가 왜 이러고 있나' 하면서 자조하더라고요. 외면은 화려하지만 내면은 더욱 초라해지는 것 같았어요. 그래서 다시 나를 찾기로 마음먹었습니다.

나는 어떤 사람일까? 내게 잘 맞는 것은 무엇일까? 작고 사소한 것부터 찾아봤습니다. 내가 편하게 입을 수 있는 옷, 내 생각과 기분을 정확히 전달할 수 있는 목소리, 유난히 글씨가 잘 써지는 만년필까지…….

타인의 기준에 나를 맞추기보다는 내게 잘 맞는 것이 무엇인지 찾아보세요. 그 모든 것이 쌓이면 자존감도 회복되고 단단한 내가 됩니다, 결국엔.

나의 자존을 쌓을 수 있는 일은 무엇이 있을까요? 사소한 것
도 좋으니 다섯 가지 이상 써보세요.

나는 감정 쓰레기통이
아닙니다

얼마 전 회사에서 실수한 일이 있었는데요. 그때 스스로에게
이런 말을 던졌습니다.

"재은아, 오늘 그 일은 왜 그렇게 못했어? 너는 노력을 너무
안 해. 게으른데 완벽함을 추구하니 좌절만 하잖아. 너는 이
번 실수로 크게 혼나도 할 말이 없는 사람이야."

그러면서 저도 모르게 손에 있던 종이를 구겨서 쓰레기통에
확 버렸어요. 순간 나를 비난하며 했던 말이 그 구겨진 종이
같다는 생각이 들더라고요. 종이가 버려진 작은 쓰레기통은
마치 내 마음속 같았습니다.
쓰레기통은 매일 비워도 또다시 차오릅니다. 하루에 버리는
쓰레기가 얼마나 많은지 회사에서도, 집에서도 쓰레기통은
늘 한가득 쌓이지요. 그동안 나는 얼마나 안 좋은 감정들을
내 안에 버리고 있었나, 반성했습니다.

감정 쓰레기들이 마음속 가득 차오르는지도 모르고 우리는 매일 나쁜 기분을 버리고 있죠. 쓰레기가 가득 차면 쓰레기통이 넘치고 더러워지듯 우리의 마음도 결국엔 오염될 수 있습니다.

나는 그리고 우리는 감정 쓰레기통이 아닙니다. 마음에 부정적인 감정이 아닌 좋은 말들을 담아주세요. 내 마음을 더러운 쓰레기통이 아닌 꽃이 가득한 예쁜 꽃바구니로, 탐스러운 열매가 풍성히 담긴 과일 바구니로 만들어주세요.

나는 감정 쓰레기통이 아닙니다.

18일

배움은 인생을
빛나게 한다

"84세 할머니가 독학으로 검정고시에 합격했습니다."
"올해 아흔이 된 할아버지가 역대 최고령으로 고등학교를
졸업했습니다."

뉴스를 전하다 보면 연세가 많으신 어르신들이 뒤늦게 공부
해서 학교에 입학하시거나 시험에 합격하셨다는 소식을 종
종 전하게 되는데요. 소싯적 가정 형편이나 시대적 상황 등
여러 가지 이유로 학업을 마치지 못했던 분들이 용기 내어 도
전하시는 모습을 볼 때마다 커다란 감동이 밀려옵니다.

"나이가 이렇게 많은 나도 열심히 하니까 됐어요. 낙심하지
말고 노력하면 된다고 말하고 싶어요."
"언제든 공부할 용기를 잃지 말아요."

공부하는 사람은 늙지 않는다는 말이 있죠? 오죽하면 '최고

의 안티에이징은 공부'라는 표현도 있더라고요. 그 말을 삶으로 보여주시는 어르신들의 모습을 보며, 배움이 우리 인생에서 갖는 의미에 대해 다시 생각합니다. 배울 때만큼은 그 누구보다 반짝반짝 빛나는 눈빛으로 집중하는 태도야말로 젊음을 유지하는 비결이 아닐까 싶어요.

> "사람들은 나이를 먹으면 포기해야 하는 것이 생긴다고 말한다. 그러나 나는 사람들이 포기하기 때문에 나이를 먹는다고 생각한다."

시어도어 프랜시스 그린(Theodore Francis Green)의 말처럼 나이라는 핑계는 던져버리고, 배움을 게을리하지 말아야겠다고 다짐합니다.

> 배움은 내 인생을 빛나게 한다.
> 공부를 통해 나의 가능성을 확장해나가자.

공부는 꿈을 이루기 위해 할 수 있는 가장 정직하고 빠른 길이라는 사실을 다시 한번 깨닫습니다.

배움은 내 인생을 빛나게 한다.

공부를 통해 나의 가능성을 확장해나가자.

나의 모습은
내가 선택해요

그거 아세요? 바람에도 무려 10가지 이름이 있대요. 우리는 바람이 불면 그냥 "오늘은 바람이 부는 날씨네"라고 이야기하잖아요. 그런데 사실은 계절마다, 불어오는 방향에 따라 모두 다른 이름을 가진 거죠.

봄에 부는 바람은 새바람, 그보다 조금 더운 바람은 높새바람, 서풍으로 불어오는 가을바람은 하늬바람, 으스스하게 부는 소슬바람, 겨울날 북쪽에서 부는 뒤바람 그리고 늦여름에 찾아오는 불청객 태풍까지……

바람이 각기 다른 이름을 가지고 다른 형태로 불고 있는 것처럼, 우리도 어디에 누구와 있느냐에 따라 수많은 이름으로, 다양한 모습으로 살아갑니다.

계절마다, 불어오는 방향에 따라 어떤 날은 부지런히 일하는 직장인의 나로, 어떤 날은 취미로 하는 밴드 동호회의 보컬로, 또 어떤 날은 새로운 곳을 탐험하는 여행가로, 다양한 '부캐'를 가지고 살아가지요. 하지만 그 모든 부캐들이 나인 건

변하지 않는 사실이에요. 그러니 오늘 나의 모습을 직접 선택해보세요.

'오늘은 어떤 부캐로 세상에 나가볼까?'

어떤 모습으로 세상에 나아갈지, 무엇을 말하고 행동할지, 어떻게 살아갈지 결정하는 사람은 바로 나 자신이라는 것을 기억하세요.

오늘 나는 어떤 부캐로 살고 있나요? 내가 제일 많이 선택하
는 부캐의 모습은 무엇인가요?

오늘 나의 모습은?

내가 제일 많이 선택하는 부캐는?

그냥 일단
시작해봅시다

피겨 여왕 김연아 선수의 유명한 인터뷰 장면, 본 적 있으신가요? 본격적인 연습 전 몸을 풀고 있는 김연아 선수에게 무슨 생각을 하면서 하냐고 묻자, 김연아 선수는 이렇게 답합니다.

"뭘 무슨 생각을 해. 그냥 하는 거지."

한 유명 피아니스트의 인터뷰도 기억나는데요. 연습하다 보면 잘 안 될 때도 있고 슬럼프가 올 때도 있을 텐데 그럴 때 어떻게 극복하냐는 질문을 받자, 그는 이렇게 답합니다.

"그냥 피아노 앞에 앉습니다. 그러고는 치기 시작합니다."

우리의 인생은 마라톤입니다. 결승점이 멀기에 당장 눈에 보이지 않고, 손에 잡히는 성과가 없다 보니 시간이 흐를수록 생각이 많아지지요. 그러다 보면 포기하고 싶은 마음도 듭니다.

이렇게 복잡한 생각들을 버리고 마음을 다잡으려면 어떻게 해야 할까요? 바로, 일단 그냥 시작해보는 겁니다. 김연아 선수의 말처럼 다른 생각 없이 그냥 해보는 거예요. 공부도, 운동도, 일도 말이에요.

자신이 없고, 하기 싫고, 안 될 것 같고, 조금 늦은 것 같아도 그냥 그 자리에 앉아보세요.

그리고 일단 합시다.

뭐든, 오래 합시다.

남들이 그만해도 계속해봅시다.

진심을 다해 시작해봅시다.

마음속 긍정 한 줄

뭐든, 오래 합시다.

남들이 그만해도 계속해봅시다.

진심을 다해 시작해봅시다.

우울감이 들 땐
○ ○ ○

저는 내로라하는 '긍정맨'이라고 자부해요. 하지만 저도 보통의 사람인지라 종종 우울감을 느끼곤 합니다. 예를 들면 이럴 때 말이에요.

> 포근한 날씨에도 사무실에만 앉아있어야 할 때,
> 오늘따라 잘 외워지지 않는 영어 단어가 있을 때,
> 귀여운 루피 캐릭터가 그려진 마우스가 갑자기 고장났을 때,
> 오랫동안 쓰던 연필이 굴러떨어져 책장 틈에 들어갔을 때.

아주 사소한 일처럼 보이지만, 나쁜 감정은 꼭 심각한 일이 있어야만 드는 건 아니에요. 누구나 어느 때든 우울감에 빠져들 수 있지요. 저는 그럴 땐 최대한 빨리 벗어나려고 해요. 우울감에 젖어 그 기분을 오래 느끼면 타인에게까지 영향을 미치거든요.

혹시 '파블로프의 개' 실험을 아시나요? 종소리가 들릴 때 개

에게 밥을 주는 실험을 반복했더니 나중엔 종소리만 들려도 개가 침을 흘리게 되었다고 해요. 여기서 아이디어를 얻어 저도 '우울할 때 ○○○'이라는 자동 반응 공식을 마음속에 세웠어요.

우울할 때 회사 앞 커피숍에서 카페라테 한잔을 마신다.
→ 그러면 기분이 좋아진다.
우울할 때 유튜브를 켜서 구독자분의 댓글을 읽는다.
→ 그러면 저절로 미소가 나온다.
우울할 때 성경을 꺼내 좋은 구절을 읽고 쓴다.
→ 그러면 기분이 상쾌해진다.

이런 공식이 아니라도 다양한 방법으로 우울감을 해소하려고 해보세요. 일단 우울 해소제를 찾으면 그다음부턴 어렵지 않아요. 내가 무엇을 좋아하는지, 어떤 것을 하면 기분이 나아지는지 차근차근 찾아보세요.

나만의 우울 해소제는 무엇이 있을까요? 내 주변에서 다양
하게 찾아보세요.

지금 그 두려움,
극복할 수 있어요

뉴스를 진행하는 제 모습을 보고 몇몇 시청자분들은 제가 냉철할 것 같다고들 하세요. 무슨 일이 생겨도 감정의 동요 없이 이성적으로 판단할 것 같다고요.

하지만 놀랍게도(!) 반전이 있는데요. 자극적이고 충격적인 사건들을 자주 접하다 보니 가끔은 저에게도 두려움이 찾아왔습니다. 살아가는 일이 무섭고, 겁이 나기도 하지요. 이 감정에 먹히지 않으려면 어떻게 해야 할까요?

저는 이렇게 합니다. 먼저 제가 두려워하는 것이 무엇인지 쭉 적어 내려가요. 그리고 이다음이 중요한 포인트인데요. 방금 적은 부정적인 표현을 지우고, 그것을 긍정적인 단어들로 바꿔 줍니다. 마치 힘들어하는 친구를 위로하듯이 말이에요.

월요일이 오는 게 너무 무서워.

→ 월요일이 두렵지만 내가 좋아하는 일을 할 수 있어서 감

사해.

사람 만나는 게 힘들어. 이러다 친구도 없이 혼자 쓸쓸하게 사는 거 아닐까?

→ 많은 위대한 사람들은 혼자가 편한 내향인이었어. 나처럼 말이야. 이런 외로움의 시간이 결국 나에게 큰 자산이 될 거야. 혼자라도 괜찮아.

나는 왜 이렇게밖에 못 할까. 나는 절대 해내지 못할 거야.

→ 너는 이미 충분히 잘하고 있어. 그리고 넌 반드시 해낼 거야.

두려움은 딱 한 줄의 긍정적인 말로도 얼마든지 이겨낼 수 있습니다. 두려움을 파고들어 그 실체를 보면 사실 별거 아니에요. 지금 그 마음, 당신도 충분히 극복할 수 있습니다.

내가 느끼는 두려움은 무엇인가요? 쭉 적어보고 긍정적인 표현으로 바꿔보세요.

오늘을 잘 살아낸
당신에게 드리는 칭찬

당신이 오늘 한 노력은 반드시 빛을 발할 거예요.
드러내려 하지 않아도 감출 수 없을 만큼
당신은 반짝반짝 빛이 나는 사람입니다.
평범한 오늘을 지켜내느라 많이 힘들었죠?

수고했어요.
정말 고생 많았어요.
세상에서 가장 소중한 당신이 살아낸
최고로 소중한 오늘을 잊지 마세요.

나는 반짝반짝 빛이 나는 사람입니다.
오늘은 세상에서 가장 소중한 내가 살아낸
최고로 소중한 하루입니다.

노력한 사람만이
슬럼프를 겪습니다

세상에 슬럼프를 한 번도 겪어보지 않은 사람이 있을까요? 아마 없을 거예요. 슬럼프는 누구에게나, 어느 때든 찾아오니까요. 특히 열심히 노력하는 사람이라면 더더욱 그렇습니다. 어떤 일에 몰입해서 최선을 다하다 보면 슬럼프가 찾아오는 건 당연한 과정이에요.

그러니 혹시 지금 슬럼프를 겪고 있다면 오히려 기뻐하세요. 당신이 하루하루 열심히 살고 있다는 증거니까요. 슬럼프가 찾아오면 친구처럼 반갑게 맞아주세요.

'너 왔구나! 그래, 그동안 나 좀 열심히 살았나 보네!'

슬럼프를 이겨내겠다는 생각 자체가 교만입니다. 그저 담담하게 받아들인다면 단순히 인사하러 온 지인처럼 가볍게 손짓하고 지나갈 수 있어요.

노력한 사람만이 슬럼프를 겪고, 그 과정 없이는 성장도 없습니다. 나를 더 단단하게 단련시키는 훈련과 연단의 과정이라는 사실을 잊지 마세요. 그리고 나만의 슬럼프 해소법을 찾아보며 즐겁게 이 시간을 통과해가길 바랍니다.

슬럼프 해소법

❶ 잠시 목표는 미루고 내가 하고 싶은 대로 해보자!

❷ 잘하려는 마음보다는 어떻게 하면 더 즐겁게 할 수 있을지 생각해보자!

❸ 평소보다 일찍 잠자리에 누워 잠을 푹 자고 일어나자!

❹ 훌쩍 하루이틀 여행을 떠나보자!

어떻게 하면 슬럼프를 즐겁게 통과할 수 있을까요? 나만의
방법을 생각해보세요.

25일

지난한 과정 뒤에는
반드시 좋은 결실이 옵니다

세상에 거저 되는 일은 없습니다.

매일 출퇴근하며 일하는 직장인,

하루에도 수많은 결정을 내리고 책임을 지는 사장님,

잠자는 시간을 줄여가며 공부하는 학생,

쨍쨍 빛나는 햇볕에 고개를 숙이며 익어가는 벼,

바다로 나아가기 위해 끝없는 모래사장을 기어가는 거북이,

아무도 없는 길에 구르고 있는 돌멩이까지.

모두 자신의 몫을 알고 걸어가고 있습니다.

결실을 이루기 위해서는 지난한 과정을 거쳐야 합니다.

마음을 다지는 일도 처음에는 어색하고 어려울 수 있습니다.

하지만 그 모든 과정을 참고 지내다 보면

어느새 마음이 단단해진 나를 느낄 수 있습니다.

탄탄한 마음 위로 아름다운 꽃이 피고

탐스럽고 실한 열매가 자리잡을 거예요.

지난한 과정 뒤에는 반드시 좋은 결실이 옵니다.

2장
진짜 나를 발견하는 한 줄

: 여러 가지 씨앗 뿌리기

땅을 고르게 만들었으면 이제 씨앗을 뿌릴 차례입니다. 내가 원하는 씨앗은 무엇이든 뿌릴 수 있습니다. 긍정의 씨앗, 용기의 씨앗, 감사의 씨앗, 자존감의 씨앗, 사랑의 씨앗까지. 하나씩 정성스레 뿌려봅시다. 그 씨앗은 따듯한 말과 응원을 받아 마음에 뿌리를 내리고 쑥쑥 자랄 준비를 할 거예요.

마음에
다정함의 씨앗을 뿌려요

"그것밖에 못 하니?", "네가 그럼 그렇지.", "그래서 네가 안 되는 거야." 누군가 건설적인 비판이 아닌 밑도 끝도 없이 이런 비난을 퍼붓는다면 어떨까요? 몹시 속상하고 자신감이 쪼그라들 겁니다. 그럴 땐 자기 자신에게 꼭 이렇게 말해주세요.

> "그 사람은 너에 대해 아무것도 몰라."
> "나와 상관없는 누군가의 말에 휘둘리지 말자."
> "귀로는 들어도 마음에는 담지 말자."

나를 잘 알지 못하는 사람들이 무심코 내뱉는 뾰족한 말들로 내 마음을 더럽히지 말기로 해요. 부정적이고 무의미한 문장들이 뿌리내리지 못하도록, 내 마음에 닿기 전에 흙으로 덮어버리세요. 잡초를 뽑아내듯 과감하게 털어내세요. 그리고 그 자리에 다정한 말을 심어보세요.

"역시 넌 다시 일어설 줄 알았어."

"나는 이 시기를 보내고 나면 반드시 해낼 거라고 믿어."

"결국엔 다 잘 될 거야."

"너는 사랑받기 위해 태어난 사람이야."

나를 살리는 다정한 말을 정성껏 심어주세요. 자존감, 믿음, 사랑, 용기, 희망…… 긍정의 씨앗은 마음속에서 무럭무럭 자라 나쁜 말을 막아내는 큰 나무가 될 거예요.

마음에 뿌리고 싶은 씨앗이 있나요? 어떤 씨앗인지 글로 써

보고, 그림으로도 그려보세요.

생각은
짧고 굵게

혼자만의 시간을 갖는 것은 좋지만
한 가지 생각을 너무 오래 하지는 않기로 해요.
오랫동안 그 생각에 매몰되다 보면
자칫 앞으로 나아가는 길을 잃을 수도 있으니까요.

지난한 고민의 시간이 길어질수록
오히려 머릿속은 복잡해지기도 합니다.
때로는 단순하게 밀고 나가야 할 때도 있어요.
생각하기보다는 행동해야 할 때도 있고요.

생각에 생각이 꼬리를 물고 이어지다 보면
그냥 지나칠 작은 일도 눈덩이처럼 불어나
다른 생각들을 삼켜버릴 수도 있습니다.
그러니 생각은 짧고 굵게!

마음속 긍정 한 줄 ◆

오랫동안 한 가지 생각에 매몰되다 보면
앞으로 나아가는 길을 자칫 잃을 수도 있습니다.
그러니 생각은 짧고 굵게!

삶에 활력을 주는
모닝 루틴

변화를 위해 많은 사람이 늘 새로운 다짐을 하죠. 하지만 평소 하지 않던 일을 하루아침에 시작하는 건 버거울 수 있어요. 저도 마찬가지였는데요. 이럴 때 저는 일찍 일어나는 것부터 해보려고 노력했습니다. 평소보다 조금 일찍 하루를 시작하는 것만으로도 많은 것을 바꿀 수 있거든요.

물론 아침 일찍 일어나는 건 절대 쉽지 않아요. 처음엔 힘들 거예요. 하지만 마음을 다잡고 딱 한 번만 일어나보세요. 잠깐의 고통을 이겨내면 엄청난 만족감을 느낄 수 있습니다.

누구에게도 방해받지 않는 조용한 아침에 누리는 여유는 삶의 질을 높여줄 뿐만 아니라 생활에 활력을 선물합니다. 새로운 도전의 밑거름이 되어주죠. 아침의 평화와 고요함을 누리며 어지러운 마음을 정돈하는 시간을 가져보세요.

좀 더 가벼운 몸과 마음으로 일어날 수 있도록 나만의 모닝 루틴을 찾아 만들어보는 건 어떨까요? 저의 모닝 루틴을 소개합니다.

나만의 모닝 루틴

① 알람은 하나만 맞춘다. 알람이 울리면 무조건 일어난다.

② 일어나서 곧바로 이불을 정리한다.

③ 향긋한 차 한잔, 신선한 커피, 달콤한 과일, 요거트 등으로 정신을 깨운다.

④ 일어나서 할 일을 전날에 구체적으로 준비해두었다가 실행한다. 아침에 스트레칭하기, 책 50쪽까지 읽기 등.

⑤ 감사 일기를 쓴다.

⑥ 경건의 시간을 가지며 마음밭을 다진다.

처음부터 제가 이런 루틴을 가진 건 아니에요. 처음 시작한다면 정해진 시간에 일어나는 것부터 시도하면 돼요. 그러면서 조금씩 자신에게 맞는 행동들을 붙이면 됩니다. 중요한 건 꾸준하게, 차근차근 해야 한다는 점이에요. 조급하게 이루려는 마음을 버리고 천천히 하루하루를 쌓아가세요. 묵직하고 꾸준하게 그리고 정직하게 한 걸음씩!

하루를 잘 시작하기 위한 나만의 모닝 루틴이 있나요? 무엇인지 적어보세요. 아직 없다면, 나에게 맞는 방법을 찾아 적어보세요.

나는 세상에서
가장 존귀한 사람입니다

자기 자신을 하찮은 사람으로 깎아내리지 마라.
그런 태도는 자신의 행동과 사고를 꽁꽁 옭아맨다.
무슨 일을 하더라도
자기 자신을 사랑하는 것으로부터 시작하라.
지금까지 살면서 아직 아무것도 이루지 못했을지라도
자신을 항상 존귀한 인간으로 대하라.
_프리드리히 니체(Friedrich Nietzsche)

스스로 존귀한 사람임을, 소중한 사람임을
잊지 말아요.
꼭 기억해요.
당신은 존귀한 사람입니다.

무슨 일을 하더라도

자기 자신을 사랑하는 것으로부터 시작하라.

지금까지 살면서 아직 아무것도 이루지 못했을지라도

자신을 항상 존귀한 인간으로 대하라.

30일

매일 그 자리를 지키는 당신이 대단해요

2003년 한류 열풍을 일으켰던 MBC 드라마 〈대장금〉, 다들 들어보셨나요? 주인공인 장금이의 멘토이자 스승이었던 한 상궁이 장금이에게 이런 말을 해요.

> "장금아, 사람들이 오해하는 게 있다. 네 능력은 뛰어난 것에 있는 게 아냐. 쉬지 않고 하는 것에 있어. 모두가 그만두는 때, 눈을 동그랗게 뜨고 다시 시작하는 것. 너는 얼음 속에 던져져도 꽃을 피울 거야."

조금은 오래된 드라마이고 심지어 배경이 조선 시대였지만 제게는 여전히 울림을 주는 대사예요. 무슨 일이든 금방 싫증 내고 더 재밌는 것, 더 자극적인 것을 찾아 헤매는 우리에게 무언가를 꾸준히 오래 한다는 것이 얼마나 중요한지를 일깨워줍니다.

"성공한 사람과 실패한 사람의 가장 큰 차이점은, 실패한 사람은 포기했다는 겁니다. 이들은 성공한 사람들보다 빨리 포기한 사람들입니다."

애플의 창업자인 스티브 잡스(Steve Jobs)도 포기하지 않고 계속해서 노력하는 것의 중요성을 강조했지요. 포기하지 않는 것, 다시 시작하는 것, 멈추지 않는 것은 삶에 대한 그 사람의 태도를 보여줍니다.

중요한 건 뛰어난 능력이나 타고난 재능이 아니라
멈추지 않고 계속하는 것!
외롭고 지루하고 때로는 포기하고 싶어도
매일 그 자리를 지키는 것!

지금도 그 자리를 지키며 포기하지 않고 오늘을 살아내고 있는 당신을 응원합니다.

모두가 그만둘 때도 나는 다시 시작합니다.

나는 얼음 속에 던져져도 꽃을 피우는 사람입니다.

관계에서
집착을 내려놓아요

우리는 수많은 사람을 만나고 다양한 관계를 맺고 지냅니다. 인간은 사회적 동물인지라 누굴 만나든 '저 사람 마음에 들고 싶어. 그러려면 내가 잘해야 해'라는 생각으로 가끔 무리할 때가 있지요. 그래서 시간이 지나면 소원해질 관계나 스쳐 지나갈 한 사람 한 사람에 집착하기도 합니다.

하지만 상대에게 집착하며 억지로 붙잡으면 결코 오래 가는 관계로 남을 수 없습니다. 진득한 관계가 아닌 잠깐의 만족만 줄 뿐이에요. 정말 인연이라면 또다시 만날 것이고, 아니면 언젠가는 멀어지게 되어 있습니다.

그러니 너무 안절부절 애쓰지 마세요. 일단 흘러가는 대로 두세요. 시간이 지나 돌아보면 그 모든 순간에 내가 몰랐던 이유가 있었음을 깨달을 거예요.

"내가 좋은 사람이 되어 내게 좋은 사람이 오도록."

가수 송가인 님의 좌우명이라고 합니다. 관계에 집착하고 상대에게 좋은 사람으로 보이기 위해 애쓰기보다는 내가 먼저 좋은 사람이 되는 거예요.

내가 좋은 사람이 되어 자연스럽게 내게 좋은 사람이 오게 하는 것, 이것이 바로 좋은 관계의 시작이 아닐까요?

내가 좋은 사람이 되어 내게 좋은 사람이 오도록.

당신의 때는
아직 오지 않았을 뿐

모든 일에는 다 때가 있다.

세상에서 일어나는 일마다

알맞은 때가 있다.

태어날 때가 있고 죽을 때가 있다.

심을 때가 있고 수확할 때가 있다.

울어야 할 때가 있고 웃어야 할 때가 있다.

슬퍼할 때가 있고 춤출 때가 있다.

찾을 때가 있고 잃을 때가 있다.

지킬 때가 있고 버릴 때가 있다.

잠잠할 때가 있고 말할 때가 있다.

_전도서 3:1~8 중에서

미래가 손에 잡히지 않아 막막했던 시기에 제게 큰 위로가 되었던 글입니다. 세상만사에 적당한 '때'가 있듯이 나의 때도 곧 올 거라는 믿음을 갖게 되었지요.

모든 것에 때가 있음을 알고 순리와 흐름에 따르는 사람은 서두르지 않습니다. 불안해하거나 초조해하지 않습니다. 일희일비하지도 않습니다. 내 힘으로 되지 않는 일에 매달려 너무 애쓰지도 않습니다.

추운 겨울이 지나면 봄이 오고, 여름이 지나면 가을이 오듯이, 가장 자연스럽고 아름답게 그때가 찾아올 거예요.

당신의 때는 아직 오지 않았을 뿐입니다.

태어날 때가 있고 죽을 때가 있다.

심을 때가 있고 수확할 때가 있다.

울어야 할 때가 있고 웃어야 할 때가 있다.

슬퍼할 때가 있고 춤출 때가 있다.

찾을 때가 있고 잃을 때가 있다.

지킬 때가 있고 버릴 때가 있다.

잠잠할 때가 있고 말할 때가 있다.

33일 기본에 충실한
사람이 되십시오

기본에 충실한 사람은

쉽게 무너지지 않습니다.

당장의 결과보다는 더 먼 미래를 볼 줄 압니다.

처음에 가졌던 마음을 잊지 않습니다.

익숙해졌다고 요행을 부리지 않습니다.

빨리 가려고 지름길을 찾지 않습니다.

내가 쌓아온 시간을 뽐내려고 하지 않습니다.

분위기에 휩쓸리지 않습니다.

오늘 하루, 내가 지키기로 다짐한 기본들은 무엇인가요?

나의 다짐들

❶ 아침에 일어나서 이불 정리하기

❷ 예의 바르게 인사하기

❸ 말하기 전에 세 번 생각하기

❹ 매일 일기 쓰기

오늘 내가 지키기로 다짐한 기본들은 무엇인가요?

오늘의
야식 메뉴 정하기

저는 야식을 참 좋아해요. 일을 마치고 집에 돌아오면 맛있는 음식을 직접 요리하고 먹으면서 하루의 피로를 풀곤 합니다. 간장 소스가 발린 삼겹살 구이, 방울토마토를 얹힌 채소 샐러드, 싱겁게 밑간한 샤브샤브…….

수많은 야식 중에서도 제가 가장 좋아하는 메뉴가 뭔지 아세요? 바로 '긍정'이라는 조미료를 잔뜩 곁들인 한 문장입니다. 하루를 마무리하며 마음에 곁들이는 좋은 말들은 그 어떤 야식보다도 저를 충만하게 만듭니다.

"평범한 하루를 보낸 것만으로도 대단해!"
"잘 먹고 잘 쉰 것도 내 계획의 일부야."

오늘 여러분의 야식 메뉴는 무엇인가요?

평소 즐겨 먹는 야식 메뉴는 무엇인가요? 자주 들여다보는
긍정적인 문구나 문장은 무엇인가요?

즐겨먹는 야식 메뉴

자주 보는 문구

35일 하루를 48시간으로
사는 마법

영화 〈해리 포터〉에서 똑소리 나는 등장인물, 헤르미온느는 시간을 되돌릴 수 있는 타임 터너를 갖고 있어요. 여러 수업을 동시에 듣고 싶었던 헤르미온느가 사용했던 마법 도구죠. 이것저것 할 일이 많은 현대인이라면 갖고 싶은 마법 용품 중 하나가 아닐까요? 하지만 타임 터너가 없이도 하루를 48시간처럼 살 방법이 있습니다.

바로 분 단위로 시간을 관리하는 거예요. 시간을 잘게 쪼개어 촘촘하게 계획을 세우면 어느 순간 인생의 속도가 느리게 흘러가는 것처럼 느껴집니다. 우리가 현재에 집중하도록 해주고, 그때그때 필요한 것이 무엇인지 귀를 기울이도록 도와주지요. 미세한 순간을 놓치지 않고 조율하고 재정비하면 보다 의식적인 방식으로 내 시간을 쌓아가는 데 도움이 됩니다. 그렇게 정돈된 삶을 통해 더 밀도 있는 행복을 누릴 수 있지요. 우리에겐 타임 터너가 없지만 1분, 2분의 소중함을 알고 알뜰하게 쓴다면 무엇이든 해낼 수 있습니다.

무심코 낭비하고 있는 시간이 언제인지 생각해보세요.

말하는 순간,
이미 이루어졌다

누구나 마음속에 바라는 꿈, 이루고자 하는 목표가 있어요. 하지만 목표를 이루는 과정이 힘들어서, 실패에 따르는 좌절감이 싫어서, 단지 두려워서 쉽사리 발을 떼지 못하지요. 많은 성공한 사람들은 다음과 같이 이야기하곤 합니다.

> "거대한 목표를 가졌다면 공개적으로 선언하십시오. 목표를 선언하면 그 목표가 이루어질 수 있게끔 온 우주가 당신을 도울 것입니다. 목표는 입 밖으로 말하는 순간 이미 이루어졌습니다."

목표를 공개하는 것은 당신이 바로 그런 사람이 될 수 있다는 확신과 믿음을 자신에게 보여주는 과정입니다. 모두가 당신의 목표에 공감하고, 지지하고, 응원해줄 거예요. 그리고 그 힘에 기대어 당신은 원대한 목표를 이룰 거예요.
기억하세요. 당신이 말하는 순간, 이미 이뤄졌습니다.

말하는 순간, 나의 목표는 이미 이루어졌습니다.

'최애'로
가득 채우는 시간

반갑지 않은 사람과의 만남,

억울하게 받은 상처들,

버겁고 힘들었던 업무,

순간순간 떠오르는 부정적인 생각들.

오늘 하루 나를 우울하게 했던 것들을 빨리 털어내는 방법은

내가 사랑하는 것들로 그 자리를 하나씩 대체하는 거예요.

'최고로 애정하는 것'을 줄여서 '최애'라고도 하지요.

사소한 것도 좋아요. 나의 최애들을 하나씩 적어보아요.

달콤한 바닐라 라테,

귀를 맑게 해주는 노래,

선선하게 불어오는 저녁 바람,

여유로운 산책.

무엇이든 좋아요. 나를 행복하게 하는 것들로 채워보세요.

나의 최애는 무엇인가요? 나를 행복하게 하는 것들로 이 공간을 가득 채워보세요.

38일

꾸준함은
최고의 능력입니다

불안한 마음을 잠재우는 최고의 방법은
꾸준히 내 일을 하며 시간을 보내는 것입니다.
꾸준하고 정직하게 쌓아가는 하루는
흔들리지 않고 쉽게 무너지지 않기 때문이에요.
성실하게 내 시간을 쌓아가는 건 어려운 일입니다.
매일 마음을 다스리고 통제하고 실천해야 하지요.

꾸준하기 위해서는 과정에 집중해야 합니다.
목표나 결과에 집착하지 않고
과정 자체를 중요하게 여기고 즐기는 거예요.
그래야 더 오래, 멀리 나아갈 수 있거든요.
아무리 재능이 뛰어나거나 능력이 출중해도
한결같이 자신을 다스리는 사람을 이길 순 없어요.
매일매일 차근차근 쌓아 올린 작은 노력들이
당신을 그 누구보다 특별하게 만들어줄 거예요.

꾸준하고 정직하게 쌓아가는 하루는
흔들리지 않고 쉽게 무너지지 않는다.

계속 나아가는 것이
중요합니다

일이 완벽하게 되지 않더라도 계속 나아가는 것이 중요하다.
_마크 저커버그(Mark Zuckerberg)

모든 일의 기본은 꾸준히 노력하는 것, 매일매일 준비하는 것
이다.
_코비 브라이언트(Kobe Bryant)

꾸준히, 계속해서 그리고 열정적으로 노력하면 결국 원하는
결과를 얻을 것이다.
_게리 바이너척(Gary Vaynerchuk)

하루에 20매의 원고를 쓰면 한 달이면 600매의 원고가 되
고, 6개월이면 3,600매를 쓰게 됩니다.
_무라카미 하루키(Murakami Haruki)

꾸준함을 체득할 수 있도록 앞의 명언들을 한 문장씩 써보
세요.

나는 생각보다
더 용감합니다

당신은 용감한 사람이에요. 물론 우리는 영화 속 히어로처럼 악당을 용감하게 물리쳐본 적도 없고, 앞장서서 불의에 맞서 싸워본 적도 없습니다. 부당한 지시를 하는 상사에게 "그건 아닙니다!"라고 당당하게 말한 적도 없고요. 하지만 잠시 멈춰서서 생각해보세요. 용기 있는 행동은 그런 것만이 아니에요. '용기'의 사전적 정의를 살펴볼까요?

명사: 씩씩하고 굳센 기운. 사물을 겁내지 아니하는 기개

새벽에 침대에서 3초 만에 털고 활기차게 일어났나요?
아침에 마주친 이웃에게 씩씩하게 인사를 했나요?
친구에게 말하지 못했던 마음을 용기 있게 고백했나요?
그렇다면 당신은 용감한 사람입니다.

오늘 나는 어떤 용감한 행동을 했나요?

누구나 적성을
갖고 있어요

적성을 찾는다는 건 내가 뭘 잘하는지 혹은 어떤 게 뛰어난지를 찾는 게 아니에요. 저도 '내가 남보다 더 잘하는 게 뭐지?'에 집중하다 보니 적성을 찾기보단 오히려 낙담할 때가 훨씬 많았거든요. 어디선가 봤는데 적성을 찾을 땐 '잘하는 것'에 집중하는 게 아니래요.

친구들과 이야기하다가, 주변 사람들을 가만 관찰해보다가 내가 남들보다 조금 더 자주 하는 것, 조금 더 좋아하는 것을 발견한 적이 있었나요? 예를 들면 '나는 일주일에 영화를 세 편씩은 꼭 본다', '나는 영어 콘텐츠를 매일 두 시간씩 본다', '나는 기타를 한 달에 두 시간씩 연습한다', '나는 점심시간에 30분씩 걷기 운동을 한다' 같은 것들이요.

남들보다 더 자주, 더 많이, 더 열정적으로 하는 것, 그것이 나의 적성이 될 수 있어요. 남들보다 더 꾸준히, 더 오래 할 수 있기 때문에 결국엔 더 잘하게 되지요.

당신은 무엇이 적성인가요?

남들이 나만큼 하지 않는 게 있나요? 나는 무엇을 남들보다
더 많이 하고, 더 좋아하나요?

보이지 않는 것이
중요하다

어린 왕자가 여우에게 인사를 전하자

여우가 말했다.

"참, 내 비밀 하나를 알려 줄게. 아주 간단한 건데 말이야.

그건 마음으로 봐야 잘 보인다는 거야.

가장 중요한 것은 눈에 보이지 않는 법이야."

어린 왕자는 여우의 말을 따라 했다.

"정말 중요한 것은 눈에 보이지 않는다."

다시 여우는 이야기했다.

"네 장미가 너에게 그토록 소중한 것은

네가 장미에게 쏟은 시간 때문이야."

다시금 어린 왕자는 여우의 말을

기억하려고 따라 말했다.

"내가 장미에게 쏟은 시간 때문이야."

_생텍쥐페리(Saint Exupery), 《어린 왕자》 중에서

사람들은 종종 보이지 않는 시간에 소홀하고, 드러나지 않는 것은 하찮게 생각합니다. 하지만 여우가 어린 왕자에게 해준 말처럼 정말로 중요한 건 눈에 보이지 않습니다. 드러나지 않은 수많은 시간, 드러나지 않은 깊은 마음이 더 중요하지요. 지금은 숨겨져 있어도 오늘 당신이 정성을 들인 그 노력과 수고는 인생의 밭에 심어져 곧 싹이 트고, 잎이 자라고, 꽃이 피고, 열매가 맺힐 거예요.

보이지 않는 것들을 소중하게 여기는 오늘이 되기를, 그렇게 아름답게 나만의 정원을 가꾸어가길 바랍니다.

정말 중요한 것은 눈에 보이지 않는다.
마음으로 보아야 잘 보인다.

조용한
사람들의 힘

저는 내향인입니다.

MBTI 검사를 하면 '내향 기질'을 뜻하는 I가 거의 100에 가까운 내향적인 성격이에요. 오죽하면 제가 제일 갖고 싶은 물건이 영화 〈해리 포터〉에 나오는 투명 망토일까요. 종종 사람들의 눈에 띄고 싶지 않아서 투명 망토를 쓰고 회사에 가면 참좋겠다는 생각을 하곤 합니다.

처음엔 저도 이런 내향적인 성격이 부끄러웠어요. 다른 사람들처럼 사회생활을 잘하지 못하는 저 자신이 안타깝기도 했고요. 그런데 시간이 흐르다보니 각자만의 장점이 보이더라고요. 그러면 내향인들은 어떤 무기들을 가지고 있을까요?

하나, 내향인들은 많은 말을 하진 않지만 잘 들어줍니다.

인간관계가 넓진 않지만 한 명, 한 명 가까운 사람들에게 마음을 다하죠. 곧바로 답하는 순발력은 없지만 충분히 생각하고 말하는 신중함이 있어요. 요란하지 않지만 초라하지 않은, 조용하지만 풍성한 하루를 보냅니다.

둘, 내향인들은 조용히 강합니다.

떠벌리지 않고 묵묵하게, 꾸준히 걸어갑니다. 꼭 필요한 순간에 필요한 말을 하지요. 자신이 가진 강점대로 조용하지만 강한 목소리를 냅니다.

셋, 내향인들은 모든 것에 진심을 다합니다.

어디선가 읽었는데, 내향인은 우물에서 물을 길어 올리는 사람이라고 하더라고요. 깊은 곳에서 정성껏 물을 퍼 올리듯이 무슨 일을 하든 진심을 다하고, 누구를 만나든 진솔한 태도로 따뜻하게 대합니다. 넓고 얕은 관계가 아니라 좁지만 깊고 진실한 관계를 맺습니다.

무언가 억지로 하려고 하는 것보다 그냥 진짜 내 모습일 때 관계도, 일도, 모든 것이 편해지더라고요. 또 내가 가진 무기들이 더 강력한 힘을 발휘하게 되고요. 그러니 내향인 여러분, 부끄러워하지 마세요! 오늘도 조용하지만 열정적으로, 여러분의 우물에서 가장 소중한 것을 길어 올려보세요.

마음속 깊은 곳에서 가장 소중한 것을 길어 올리며
정성껏 하루를 살아갑니다.

44일 당신의 오늘에
제목을 붙여보세요

유튜브를 하면서 재밌는 취미를 하나 갖게 되었어요.
바로 오늘 나의 하루에 제목을 붙이는 일인데요.
하나의 영상을 만들어 업로드하면서
가장 고민하는 것이 썸네일과 제목이거든요.
뉴스 기사로 치면 그날의 헤드라인이자,
그 영상을 표현하는 핵심 메시지가 되는 거죠.

어떤 날은 제목과 주제가 바로 떠오르는 때도 있지만
그렇지 않은 경우도 종종 있어요.
매일 반복되는, 특별한 것 없는 똑같은 하루 같아서
이미지와 제목을 고르는 일이 생각보다 어렵더라고요.

그런데 편집한 영상을 찬찬히 들여다보면서
하루하루, 순간순간을 더 곱씹어보면
불현듯 그날 얻었던 깨달음과 메시지가 떠올라요.

정말 신기한 건 뭔지 아세요?

나의 일상에 제목을 붙이고 나면

그저 평범했던 하루가 새롭게 느껴진다는 사실이에요.

마땅한 제목이 떠오르지 않아도 괜찮아요.

그럴 땐 그냥 '제목 없음'이라고 붙이면 돼요.

제목이 없는 하루들도 그 나름대로 새로운 날들이니까요.

여러분도 오늘 하루를 돌아보면서 제목을 붙여보세요.

나의 하루가 더없이 특별해지는 경험을 하게 될 거예요.

지난 일주일을 돌아봤을 때 어떤 하루가 떠오르나요? 여러 날이어도 좋아요. 각각에 알맞은 제목을 붙여보세요.

얼굴에서 내 마음이
느껴져요

얼굴은 '얼'과 '굴'로 이뤄진 순우리말입니다. 얼은 영혼, 정신, 마음, 내면이라는 의미이고 굴은 형상, 모양, 그릇, 통로라는 뜻이 있다고 해요. 그러니까 우리의 얼굴은 우리의 영혼을 담는 그릇, 영혼의 통로를 뜻한다고 할 수 있어요.

> 물이 얼굴을 비추듯 얼굴은 마음을 비춘다.
>
> _잠언 27:19

우리의 얼굴은 마치 맑은 물처럼 우리의 마음을 투명하게 비춰주죠. 마음에 욕심과 교만, 시기와 허영이 가득한 사람은 얼굴에도 탐욕이 가득합니다. 반대로 마음이 따뜻하고 겸손한 사람은 선함이 얼굴에 그대로 드러나 주변 사람들의 마음까지 환하게 밝혀주지요.

당신의 얼굴은 어떤 마음, 어떤 영혼을 담고 있나요? 어떤 감정을 비추고 있나요?

물이 얼굴을 비추듯 얼굴은 나의 내면을 비춥니다.

매일을
여행하듯 살자

요즘 여행을 자주 다니며 멋진 사진을 찍어서 SNS에 업로드하는 친구가 그렇게 부럽더라고요. 유명 휴양지에서 한 달 살기도 하고, 멋진 도시에서 쇼핑도 하고, 인기 있는 지역에서 예쁜 디저트와 음식을 먹기도 하고요.

문제는 여행 사진을 보면서 제 삶이 초라하게 느껴졌다는 거예요. 저는 온종일 업무에 시달리고 있는데, 친구는 떠나고 싶을 때 떠나고 온갖 새로운 것을 경험하며 인생을 즐기는 모습이 솔직히 조금 부러웠어요.

그렇게 며칠을 부러워했더니 머릿속에서 여행 생각이 떠나지 않더라고요. 당장 떠날 수 없는 상황인지라 꿈만 꾸고 현실에 집중할 수 없었죠. 하지만 그때 '긍정 회로'를 돌려 생각을 바꾸었어요. 진짜 인생을 즐길 줄 아는 사람은 여행지를 찾아 떠나는 사람이 아니라, 내가 머무는 이 자리를 멋진 여행지로 만드는 사람이라는 사실을 상기했지요. 멀리 떠나지 않아도 지금 이 자리에서도 충분히 여행하듯이 살 수 있다는 걸 말이에요.

이를테면 아침에 조금 일찍 일어나서 마치 여행지를 걷듯이 여유롭게 출근하는 거예요. 그러면 평소에는 보지 못했던 색다른 풍경이 눈에 들어옵니다. 점심시간에는 베트남 음식점에 가서 쌀국수를 한 그릇 맛있게 먹고요. 동남아 여행이 전혀 부럽지 않은 기분을 누릴 수 있어요.

휴일에는 감미로운 재즈가 흘러나오는 카페를 찾아 드립 커피를 한 잔 마시는 거예요. 뉴욕의 어느 재즈 카페에 있는 듯한 느낌을 받을 수 있어요. 비 오는 날에는 한번 우산 없이 빗속을 걸어보는 것도 생각지 못한 경험이 되겠지요. 왜, 여행 갔는데 보슬비가 내리면 모자만 훌쩍 쓰고 돌아다니기도 하잖아요.

그렇게 새로운 것들로 가득 채운 하루를 즐기다 보면 어느새 우리의 일상은 신선한 경험을 누릴 수 있는 특별한 여행이 되어 있을 거예요. SNS 속 타인의 사진을 보며 부러워하는 삶이 아니라 지금 내가 누릴 수 있는 행복을 찾기! 그리고 내가 있는 이곳을 멋진 여행지로 만들기!

자, 오늘은 어디로 여행을 떠나볼까요?

최근 했던 새로운 경험은 무엇인가요? 어느 나라, 어느 도시
에 간 것 같은 기분이었나요?

시련은 결국 하나의 꽃으로 피어납니다

지금 힘든 것, 주어진 시련은

머지않아 예쁜 꽃, 풍성한 결실로 피어날 것이다.

그러니 명심해야 할 것은 포기하지 말자.

포기하면 인생은 공허해지고

살아갈 보람이 없는 것으로 공로를 뒤로한 채

아무 결실 없이 끝나고 말 것이다.

_헤르만 헤세(Hermann Hesse)

지금 힘든 것, 주어진 시련은
머지않아 예쁜 꽃으로 피어날 것이다.

내일이 기다려지는
마법

일하는 게 제일 즐거운 저에게도 언제부턴가 월요병이 찾아 왔습니다. 생방송으로 진행하는 뉴스에 대한 부담감, 반드시 해내야 하는 업무에 대한 압박감 때문일까요. 월요일 출근길 을 생각하면 가슴이 답답해지고 당장이라도 도망치고 싶다 는 생각이 들었지요. 월요병을 극복하기 위해 이것저것 시도 하다가 마침내 찾은 방법을 소개합니다.

〈실험심리학 저널〉에서 발표한 연구 결과를 소개한 기사였 는데요. 잠들기 전 침대에서 해야 할 일, 그러니까 투 두 리스 트(To Do List)를 작성하면 15분 빨리 잠들 수 있고, 다음 날에 대한 불안감을 해소해준다는 내용이었어요.

미래의 목표 또는 계획을 적는 습관은 무기력한 마음에 동기 를 불어넣어 준다고 해요. 나아가 더 큰 그림을 그리고 목표 를 달성하는 데 구체적인 방향을 제시해준다고요.

잠들기 전 투 두 리스트를 작성해보세요. 그렇게 채워나가다 보면 내일에 대한 부담감도, 두려움도 줄어들 거예요.

나만의 월요일 투 두 리스트를 만든다면 어떻게 적을 수 있을까요? 다가오는 주중에 해야 할 일, 하고 싶은 일들을 적어보세요.

숲을 바라보듯
마음에 여유를

몽골 사람들은 시력이 좋다고 하죠? 우리는 보통 2.0 혹은 1.5만 되어도 시력이 좋다고 하는데, 몽골 사람들은 최고 시력이 6.0인 사람도 있대요.

좋은 시력의 비결이 뭘까요? 넓은 초원에서 유목민 생활을 하는 몽골인들은 양들을 돌보고 항상 지켜봐야 해서 더 멀리까지 봐야 하고, 여기에 익숙해져서 시력이 좋은 거라고 해요.

가끔 빽빽한 건물로 가득한 도시를 떠나 바다로 여행을 가면 어떤가요? 평소엔 볼 수 없었던 저 멀리, 수평선 너머까지 탁 트인 풍광을 한참 동안 바라보게 되지 않나요? 항상 넓게 트인 시야로 멀리 내다볼 수 있다고 생각해보세요. 확실히 여유로운 마음을 가질 수 있을 것 같아요.

당장 눈앞에 있는 것에 연연하거나 매몰되지 않도록, 고개를 들어 조금 더 멀리 바라보는 습관을 들여보세요. 세상을 크고 넓게 바라보면 우리의 마음도 그만큼 넉넉해지지 않을까요?

드넓은 초원을 여유롭게 바라보는 것처럼
더 넓고 여유로운 마음으로 세상을 바라봅니다.

말 한 마디 한 마디가
선물이 되도록

'말이 씨가 된다'라는 속담, 모두 들어보셨죠?
우리가 하는 모든 말은 누군가의 마음밭에
씨앗이 되어 심어집니다.
나쁜 말을 하면 마르고 뾰족한 가시덤불로 자라고
좋은 말을 하면 우직하고 풍성한 느티나무로 자라겠죠.

어떤 말을 하느냐에 따라
씨앗도 그와 같은 모습이 될 수 있습니다.
내 마음에도 좋은 씨앗을 뿌리듯
상대의 마음에도 긍정의 씨앗을 뿌려주세요.
말 한 마디, 한 마디를 선물처럼 건네주세요.

마음속 긍정 한 줄 ✦

말 한 마디, 한 마디가 선물이 되어 당신의 마음에 가닿도록.

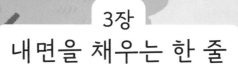

3장
내면을 채우는 한 줄

: 새싹에 물과 비료 주기

땅을 고르고 여러 가지 씨앗을 뿌렸나요? 시간이 지나면 작은 새싹들이 돋아나 있는 것을 볼 수 있습니다. 이제는 건강한 꽃을 피워내기 위해 영양분을 가득 주어야 합니다. 내 마음도 마찬가지입니다. 긍정과 감사의 마음, 단단한 자존감, 나를 사랑하는 힘처럼 좋은 마음을 피워내기 위해 계속 좋은 말을 되뇌고 쓰면서 내면을 채워주세요.

작은 성공이
커다란 나를 만듭니다

'스몰 윈(Small Win)'이라는 표현, 들어보셨나요?
바로 '작은 성공'이라는 뜻입니다.
작은 성공들을 계속해서 이루다 보면
어느새 큰 성공에 도달한다는 말이 있는데요.
이처럼 작은 일을 이뤄내는 경험은 생각보다 더 유용합니다.
자신감이 쑥쑥 자랄 수 있는 아주 특별한 비료거든요.

제게 스몰 윈은 바로 유튜브예요.
유튜브를 하다 보니 영상 편집을 공부하게 되고
영상에 제목을 달아 업로드하고
제 유튜브를 사랑하는 팬들과 소통하면서
이전에는 느낄 수 없던 경험에 활력이 돋아납니다.

그리고 이 경험들은 단조로운 제 일상에 큰 도움이 됩니다.
다음 날 회사 일을 즐겁게 할 수 있는 원동력이 되고요.

아무리 어려운 업무를 맡아도 해낼 수 있다는 생각이 듭니다.
'괜찮아. 배워서 해보면 금방 해결할 수 있어!'

작은 성공은 결국 커다란 나를 만들어줍니다.
자신감 넘치는 나를 만들어줍니다.
오늘 스몰 윈을 찾아 시작해보세요.
SNS에 게시글을 올리거나 다이어리를 쓰거나
모르는 춤을 배워봐도 좋아요.
해보지 못한 것, 가보지 못한 길에 도전하며
새로운 활력을 찾아보세요.

회사 일이나 업무 외에 해볼 수 있는 스몰 윈을 찾아보세요.

나만의 감정 일기예보

〈뉴스데스크〉맨 마지막 순서에는 오늘의 날씨를 전해주는 일기예보 코너가 있는데요. 저도 매일 열심히 시청합니다. 날씨에 따라 다음 날 출근 복장도 달라져야 하고, 혹시 비나 눈이 오면 평소보다 출근 시간을 앞당겨야 하니까요.

그런데 여느 날처럼 일기예보를 보다가 문득 그런 생각이 들더라고요.

'날씨를 예보하듯이 오늘 나의 감정을 예보해보면 어떨까?'

아침에 일어났을 때 나의 기분은 어땠는지, 출근해서 사람들을 만나고 일할 때 감정은 어떻게 변했는지, 하루 동안 수시로 달라지는 나의 감정과 기분을 솔직하게 적어보는 거죠.

그러면 내가 어떤 생각을 하는지 그리고 어떻게 상황을 느끼는지 잘 파악하고 예측할 수 있어서 예상치 못한 순간을 맞이해도 마음을 잘 다스릴 수 있어요. 순간순간 튀어나오는 나쁜 기분들을 다른 사람에게 전염시키지 않고 스스로 해소할 수 있습니다.

감정 일기예보를 할 때 포인트는 있는 그대로 정직하게 표현하는 거예요. 감정을 속이거나 감추지 말고 솔직하게 날것의 마음을 털어놓는 거죠. 그러면서 그 감정의 원인이 무엇인지 생각해보고, 어떻게 하면 해소할 수 있을지 해결책을 찾아보세요.

0월 0일 감정 예보입니다.

오늘은 아침부터 마음에 근심의 먹구름이 가득하네요. 불안하고 초조하고 이불 밖으로 나가기 싫은 기분이에요. 곧 비가 올 것 같으니 오늘은 접이식 우산을 준비하는 게 좋겠어요. 아마 오늘 있을 발표 준비를 다 마무리하지 못해서 마음이 흐린 것 같아요.

하지만 아직 늦지 않았으니 자리에서 벌떡 일어나 잘 마무리해보겠습니다. 최선을 다해서 준비한다면 어쩌면 마음에 비가 그치고 먹구름 뒤로 작은 무지개를 볼 수 있을지도 모르잖아요. 지금까지 나의 감정 예보를 전해드렸습니다.

오늘 나의 감정 일기예보를 적어보세요.

마음의
비타민 충전

"재은아, 비타민 먹고 가야지!"

어릴 땐 아침마다 엄마가 챙겨주던 비타민이 그렇게 귀찮고 먹기 싫었는데, 그게 얼마나 감사한 일인지 깨닫게 되는 요즘입니다. 그래서 요즘엔 꼬박꼬박 감사히 챙겨 먹고 있어요. 이렇게 매일 아침 엄마가 챙겨주시는 비타민처럼 오늘 내게 필요한 마음의 영양분도 누군가 챙겨준다면 얼마나 좋을까요?

실수도 의연하게 넘기는 긍정의 비타민
부족함에도 당당할 수 있는 자존감 비타민
언제나 믿어주고 응원하는 마음 비타민
소중하게 아껴주는 사랑의 비타민

지치고 피곤할 때 힘이 되는 마음의 비타민 챙겨가세요!

지금 내게 가장 필요한 비타민은 무엇인가요?

세상에서 가장
소중한 당신에게

이 세상에서 제일 소중한 당신에게
마음이 몽글몽글해지는 문장들을 선물합니다.

보송보송 이제 막 털이 나고 있는 줄무늬 아기 고양이

현관 앞 아직 뜯지 않은, 기다리던 택배 박스

시원 달달함이 느껴지는 아이스 바닐라 라테

초롱초롱한 눈망울로 나를 올려다보는 세 살짜리 아이

나른한 오후 두 시에 슬쩍 감아보는 눈

내 뜻대로 안 되지만 그래서 더욱 설레는 짝사랑의 마음

조금 낡고 오래됐지만 마음에 안정감을 주는 애착 인형

시원한 바람과 함께하는 가벼운 산책 시간

바라만 봐도 마음이 따듯하게 녹아내리는 것 같아요.
상상만 해도 콧김이 후 나오며 안도하게 되는 단어들.
당신에게 그런 문장이나 단어는 무엇인가요?

듣기만 해도 내 마음을 따뜻하게 녹이는 단어나 문장들은 무엇인지 적어보세요. 그리고 눈을 감고 상상해보세요.

무기력을
떨쳐버리는 법

무기력을 벗어나는 가장 빠른 방법은 의외로 단순합니다. 일단 몸을 움직이는 거예요. 물론 당장 운동을 시작하는 게 얼마나 어려운 일인지 저도 잘 알아요. 매년 굳은 다짐으로 운동을 시작하지만 결국엔 헬스장 기부 천사가 되고 말았으니까요.

이럴 때, 좌절하지 마세요. 꼭 체육관에 나가지 않아도, 무언가 거창한 운동이 아니어도 괜찮아요. 그저 몸을 조금씩 꾸준하게 움직이는 것만으로도 큰 효과가 있어요. 집에서 혹은 사무실에서 틈틈이 할 수 있는 것부터 시작해보세요.

하루에 10분씩 스트레칭을 한다.

회사에서 엘리베이터를 타지 않고 계단으로 다닌다.

사무실에서 한 시간에 한 번씩 앉았다 일어선다.

설거지할 때 무릎을 살짝 굽히고 스쿼트 자세로 한다.

주말에 공원을 한 바퀴 걷는다.

간단한 몇 가지 움직임만으로도 우울했던 기분이 맑아지고 마음이 상쾌해지는 경험을 하게 될 거예요. 무기력증이나 우울감, 불안에 시달리고 있다면 지금 바로 실천할 수 있는 운동을 떠올리고 해보세요!

사무실에서 어떤 운동을 할 수 있을까요? 그리고 집에서 어떤 운동을 할 수 있을까요?

감정 친구들
만들기

오랫동안 뉴스를 진행하면서 저는 감정을 표현하는 것이 서 툴러졌어요. 어떤 소식을 전하든 최대한 감정을 드러내지 않 으려고 노력하다 보니 감정 표현에 인색해진 거죠. 슬퍼도 슬 프지 않은 척, 화가 나도 괜찮은 척, 무슨 일에도 아무렇지 않 은 척, 아무 일도 아닌 척……

그러다 보니 내가 지금 느끼는 감정을 누군가에게 말로 표현 하고 풀어내는 것이 어려워졌어요. 슬프거나 억울했던 감정 을 이야기하려고 하면 갑자기 눈물부터 쏟아지고, 작은 일을 말할 때도 짜증이 나고, 누군가 내 말을 제대로 이해하지 못 하면 화가 나기도 했어요. 내 안에서 얽히고 설킨, 꾹꾹 누르 고 눌러왔던 감정들이 어느 순간 팡! 하고 터져버렸지요. 그 때 비로소 깨달았어요.

'아, 엉켜버리고 납작해진 감정들은 수시로 풀어줘야 하는구 나. 그렇지 않으면 결국 터져버릴 수 있겠구나.'

일단 나의 감정을 적절한 단어나 문장으로 표현하는 연습이 필요하다는 생각이 들었어요. 그때그때의 감정을 글로 표현하는 거죠. 처음엔 지금 내가 느끼는 감정을 적절한 단어로 표현하는 연습이 생각보다 쉽지 않았어요. 그래서 솔직하고 정확하게, 구체적으로 적으려고 했습니다. 그냥 단순하게 기쁨, 슬픔, 분노, 혐오, 놀람이 아니라 같은 감정도 다양하게 표현하는 연습을 했지요.

'○○○ 덕분에 내 기분이 행복해서 날아갈 것 같았어.'
'그 소식을 들었을 땐 구름 위에 떠 있는 기분이었다니까.'

영화 〈인사이드 아웃〉을 보셨나요? 사람의 머릿속에 있는 감정 컨트롤 본부에서 열심히 일하는 다섯 가지 감정들을 기쁨이, 슬픔이, 버럭이, 까칠이, 소심이라고 부르잖아요. 그런 감정 친구들을 더 다양하게 많이 만들어보는 거예요.
예를 들면 행복이, 편안이, 속상이, 당황이, 불안이, 사랑이……. 이렇게 친구들의 수가 늘어나면 감정 컨트롤 본부는 감정을 더 잘 조절하게 되지 않을까요? 내 안의 다양한 감정과 친해지는 거예요. 서로 이해하고 위로하면서요.

내가 가장 많이 느끼는 감정은 무엇인가요? 아래에 적고 이름을 붙여보세요. 그림으로 그려봐도 좋아요.

그저
멈추지 않았을 뿐

얼마 전 배우 김희애 님의 인터뷰 기사를 봤어요. 데뷔 이후 40년 동안 활발하게 활동하며 톱스타 자리를 지킬 수 있었던 비결에 관해서 묻자, 김희애 님이 이렇게 답했어요.

> "배우 생활 40년 해야지, 생각하고 달려오진 않았어요. 그저 멈추지 않았을 뿐이에요. 저도 인생의 허들이 있었지만 그때마다 단순하게 생각했어요. 말 그대로 멈추지 않았어요. 그저 멈추지 않아서 여기까지 오게 된 것 같아요."

지난 3월에는 축구 국가대표팀의 월드컵 지역 예선 경기가 있었는데요. A매치 데뷔 골을 터뜨린 박진섭 선수의 인생 스토리가 화제가 되었습니다.

박진섭 선수는 프로팀과 계약을 맺지 못해 실업팀에서 선수 생활을 시작했어요. 이후 좋은 활약을 바탕으로 2부 리그로 올라와 프로 무대에 데뷔했지요. 그렇게 자신의 기량을 입증

했습니다. 첫 번째 계단부터 차근차근 올라와 마침내 태극마크까지 달게 되었고 데뷔 골까지 터뜨린 거죠. 골을 넣고 환한 미소로 기뻐하는 박진섭 선수의 모습은 정말 감동적이었어요.

김희애 님과 박진섭 선수를 보며 조금 늦어도 멈추지만 않으면 기회가 온다는 사실 그리고 조금 느리더라도 멈추지 않고 나아가면 꿈을 이룰 수 있다는 사실을 다시 한번 깨닫게 되었습니다.

달리다 보면 허들도 있고 장애물도 있겠죠. 그때그때 단순하게 생각하고 훌쩍 넘어가는 거예요. 멈추지만 않으면 돼요. 멈추지 않으면 오랫동안 좋아하는 일을 하고, 마침내 꿈에 가 닿을 거예요.

마음속 긍정 한 줄

조금 느리더라도 멈추지 않고 나아가면 꿈을 이룰 수 있어요.

58일 가끔은 잊는 것도
필요합니다

"이 기억을 삭제하시겠습니까?"

지난 연말 교보문고에서 진행된 특별한 전시에 갔는데, 올해
가장 지우고 싶었던 기억을 종이에 적고 마구 구기거나 찢어
서 휴지통에 버리는 이벤트를 하기에 저도 참여해봤어요.

가장 먼저 떠오른 '지우고 싶은 기억'은 '누군가를 미워했던
마음'이었어요. 사람을 미워하는 건 참 힘든 일이에요. 미움
은 상대를 향하고 있지만 결국 가장 상처를 받는 건 나 자신
이거든요.

배우 김혜수 님도 어느 인터뷰에서 이렇게 이야기하더라고
요. 사람을 미워할 때는 몸에서 나쁜 에너지가 나와 결국 피해
를 받는 건 나 자신이 된다고요. 하지만 그걸 알면서도 미움
을 쉽게 떨쳐내기가 어려운 건 사실이에요. 그래도 미워하는
마음을 종이에 적어 마구 구겨서 버리고 나니까, 마음 한 켠이
후련하기도 하고 왠지 통쾌한 기분이 들기도 하더라고요.

'그 사람을 사랑할 수는 없겠지만, 그래도 미워했던 마음쯤은 지워버릴 수 있어. 이제 미움에 사로잡혀서 쓸데없이 감정을 소모하지 않고 나 자신을 힘들게 하지 않을 거야!'

이렇게 지우고 싶은 것, 비워내고 싶은 것들을 종이에 적어서 버려보니, 평소에 불쑥 튀어나오거나 꾸욱 억누르곤 하는 나쁜 감정들도 수시로 지우고 비워내는 연습이 필요하다는 생각이 들었어요. 아팠던 경험, 잊고 싶은 순간, 수치와 후회로 남은 기억을 종이에 적어서 구기고 찢고 버리는 거죠.
그리고 비워낸 그 자리에 어떤 기억을 채워 넣고 싶은지도 함께 적어보는 거예요. 미워하는 마음을 비워낸 자리에 사랑하는 사람과 함께했던 추억들, 오래오래 간직하고 싶은 소중한 기억을 적어서 간직하는 거지요. 나쁜 기억은 빨리빨리 지우고 비워내고, 행복한 기억들은 그때그때 저장해서 마음 깊은 곳에 오래오래 간직하기로 해요.

지워버리고 싶은 기억이 있나요? 적어본 후 펜으로 지익 선을 그어서 지우고 비워내세요.

자연스러울 때
가장 사랑스러워

"방송할 때 가장 중요하게 생각하는 부분이 무엇인가요?" 종종 이런 질문을 받곤 하는데요. 저는 망설이지 않고 답합니다. "자연스러움이요." 라고요.

뉴스든, 예능이든, 스포츠든, 라디오든 자연스럽게 하려고 노력합니다. 누군가를 흉내 내거나, 있어 보이려고 과하게 힘을 주거나, 더 멋지게 말하려고 꾸며내는 순간 바로 어색해지거든요. 보는 사람들도 불편해지는 건 당연하지요. 말투도, 목소리도, 자세도, 모습도 평소 나대로 자연스러운 게 좋아요.

삶을 살아갈 때도 마찬가지예요. 인간관계도, 경력도, 나이 들어가는 과정도 그저 흘러가게 두는 게 좋다고 생각해요. 자연스러울 때 가장 사랑스럽고 아름다운 것 같아요. 자연과 우주가 그 모습 그대로 아름답듯이 사람도 일도 자연스러울 때 가장 아름다워요.

"당신은 지금 모습 그대로 정말 자연스러워요."

사람도, 일도 자연스러울 때 가장 사랑스럽다.

나라는 사람도 지금 이 모습 그대로 자연스럽고 사랑스럽다.

작은 것부터
충실한 하루

지극히 작은 것에 충실한 자는 큰 것에도 충성되고,

지극히 작은 것에 불의한 자는 큰 것에도 불의하니라.

_누가복음 16:10

태도는 사소한 것이지만 그것이 만드는 차이는 엄청나다.

즉 어떤 마음가짐을 갖느냐가 어떤 일을 하느냐보다

더 큰 가치를 만들 수 있다.

_윈스턴 처칠(Winston Churchill)

꿈은 크게 갖는 건 물론 중요해요. 하지만 큰 꿈만을 좇으며 정작 현실에는 소홀한 사람들이 있지요. 그런 사람들은 종종 이렇게 생각합니다.

'이런 하찮은 일을 내가 왜 하지?', '난 더 중요하고 큰일을 할 사람이야.' 같이요. 하지만 이런 마음가짐이라면 기회가 찾아 온다 해도 절대로 큰일을 해낼 수 없습니다.

처음부터 큰 성공은 오지 않습니다. 아무리 작은 일이라도 지금 내게 주어진 일을 해냈을 때 다음이 찾아 오는 법이지요. 꿈을 이루는 일에서는 절대 요행을 바라지 마세요. 크든 작든 지금 주어진 일에 열과 성을 다하는 사람이 꿈을 이룰 수 있어요.

남들이 보기엔 조금 초라해 보이고 가성비가 떨어지는 일이라고 해도 내가 맡아서 잘해내면 됩니다. 어떤 일을 하느냐가 아니라 그 일을 어떻게 하느냐가 더 중요해요. 아무리 사소한 일도 하찮게 여기지 말고 성실하게 해내려고 노력해야 합니다.

모든 훌륭한 일은 아주 작은 일에서부터 시작됩니다. 사소한 일도 하찮게 여기지 않고 진득하게 해나간다면 생각지도 못한 기회가 찾아오지요. 성실한 당신은 무엇이든 믿고 맡길 수 있는 사람이 되어 있을 거예요. 저도 그런 사람이 되고자 매일 마음속으로 다짐합니다.

'지금 내 눈앞에 있는 일에 충실하기!'
'작고 사소한 일일수록 더 열심히 하기!'

태도는 사소한 것이지만 그것이 만드는 차이는 엄청나다.

즉 어떤 마음가짐을 갖느냐가 어떤 일을 하느냐보다

더 큰 가치를 만들 수 있다.

다시 일어나는 힘

용기가 필요할 때 찾아보는 글이나 영상 같은 거, 혹시 있으세요? 저는 종종 김연아 선수의 예전 경기 영상을 찾아보곤해요. 김연아 선수의 경기 영상을 보면 마치 내가 그 경기를뛰는 선수가 된 것 같거든요. 엄청난 중압감을 이겨내고 경기를 끝마칠 때의 감동과 희열, 온 힘을 다해 경기를 펼친 멘털의 힘이 제게도 고스란히 전해지는 기분이 들어요.

김연아 선수라고 매번 클린 경기만 한 건 아니었어요. 점프하다 넘어지기도 하고 실수하기도 했죠. 하지만 김연아 선수가세계 최고의 자리에 오를 수 있었던 건, 넘어져도 포기하지않고 아무 일도 없었다는 듯 다시 일어나는 회복탄력성 그리고 실수한 점프는 될 때까지 시도했던 끈기 덕분이라고 생각해요.

저도 방송을 하다 보면 종종 실수를 하곤 하는데요. 한번 삐끗하면 그 순간 당황스럽기도 하고, 갑자기 앞이 캄캄해지면서 다음으로 쉽게 넘어가지 못하는 경우가 많거든요. 그럴 때면 지금 내가 경기를 뛰고 있는 김연아 선수라고 상상해요. 마치 아무 일도 아니라는 듯 일어나 다시 멋지게 날아오르는 김연아 선수처럼, 저도 그렇게 툭툭 털고 일어나고 싶거든요. 김연아 선수가 설령 무대에서 넘어져 엉덩방아를 찧는다고 해도, 그 실수가 이후 경기에 영향을 주지 않는 건 '현재에 집중'하기 때문이에요.

조금 전에 실수한 점프가 아니라 지금 하는 스핀에, 앞으로 할 스텝과 연기에, 이어지는 점프에 집중하기 때문이지요. 그러니 지나간 점프는 잊는 거예요.

혹시 당신도 작은 실수에 얽매여 앞으로 나아가지 못하고 있나요? 그렇다면 지금 현재에 집중해보세요. 과거는 잊고 '응, 별거 아니야. 다시 뛰면 되지' 하는 마음으로, 마치 세계 최고의 피겨 여왕이 된 것처럼 그렇게 일어납시다.

넘어져도 다시 일어나는 회복탄력성과
실수해도 또다시 시도하는 끈기로
지금 여기, 이 순간에 오롯이 집중하자.

인생에도
균형이 필요해요

저는 새로운 운동을 배우는 것을 좋아해요. 그런데 어떤 종목을 배우든 제 발목을 잡는 게 하나 있었어요. 바로 '밸런스 잡기'입니다.

요가, 필라테스, 테니스, 골프, 심지어 스쿼트나 런지를 할 때도 마찬가지였어요. 몸의 한쪽으로 무게가 쏠리지 않도록 중심을 잡는 것이 중요하죠. 그래야 흔들리거나 휘청거리지 않을 수 있거든요. 관절과 근육에 무리가 가지도 않고요. 균형을 유지하기 위한 준비 운동을 가장 많이 하곤 했습니다. 가장 단순하지만 가장 어려운 과정 중의 하나였어요.

우리 마음도 마찬가지예요. 마음의 균형을 잘 유지하는 것이 그 무엇보다 중요하지요. 작은 실패와 실수에 요동하지 않고 평온한 마음을 유지하는 건 전 세계 수많은 스승이 하나같이 강조하는 것이랍니다.

방법은 의외로 어렵지 않아요. 그저 슬쩍 힘을 빼면 돼요. 운동도 그렇거든요. 수영할 때도 힘을 빼야 물에 뜨고, 스윙을

할 때도 힘을 빼야 공이 더 멀리 나가지요. 마음도 그렇게 힘을 빼고, 균형을 잡아 나가는 거예요. 어느 한 쪽에 집착하고 실수에 얽매이는 게 아닌 내가 한 것과 앞으로 할 것들에 골고루 시선을 두는 거지요.

운동할 때 밸런스를 잡는 것처럼 내 마음의 균형을 잡기 위한 연습을 해보는 건 어떨까요?

마음속 긍정 한 줄

오늘은 마음의 긴장을 풀고
편안한 균형 상태를 유지합니다.

거절할 줄 아는
용기

우리는 누군가의 요청을 거절하면 마치 나쁜 사람이 된 것 같아 마음이 불편해집니다. 저도 처음에는 거절이 어려웠어요. 그래서 내 할 일을 못 하더라도, 내 감정이 상하더라도, 내 마음이 불편하더라도 상대의 요청을 거절하지 못했습니다.

비단 업무 요청뿐만이 아닙니다. 상대방의 나쁜 말, 비하하는 말, 부정적인 말들을 그대로 듣고 삼켰지요. 하지만 그런 부정적인 말들을 거부하지 못하고 받아들이다 보니 결국은 나 자신을 부정하게 되었어요. 소외당한 마음은 점차 병이 들어갔지요. 이제는 나 자신을 위해 적극적으로 거절을 합니다. 누군가 그랬습니다. 거절을 하는 것도 용기라고.

"죄송하지만 그 요청은 제가 하기엔 무리입니다."
"방금 네 말은 조금 무례하게 들렸어. 그렇게 말하지 마."

여러분도 용기를 내서 무례한 말들은 힘껏 거절해보세요.

내가 미처 거절·거부하지 못했던 누군가의 요청이 있었나
요? 있었다면 무엇이었는지 적어보고, 지금이라도 거절하는
말을 써보세요.

나를 위로하는
소울 푸드

지친 마음을 달래주고 저하된 기력을 회복시켜주는 나만의
음식, 다들 하나씩은 있으시죠?
여러분의 소울 푸드는 무엇인가요? 저는 어릴 적 엄마가 자
주 해주셨던 삼겹살 김치 볶음이 떠오릅니다.

나의 소울 푸드 레시피

① 먼저 삼겹살을 맛있게 굽습니다.

② 고기가 익어갈 때쯤 시큼한 신김치를 넣어서 같이 볶아
  주세요.

③ 적당히 볶아지면 참기름 한 스푼을 듬뿍 둘러줘요.

④ 마무리로 참깨를 솔솔 뿌려주면 끝!

엄청 간단하죠? 김이 모락모락 나는 갓 지은 쌀밥을 한 숟갈 떠
서, 그 위에 삼겹살과 김치를 하나씩 올려 먹으면 행복 그 자체!
여러분만의 소울 푸드로 지치고 힘든 마음을 충전해보세요.

나만의 소울 푸드가 있나요? 있다면 간단한 레시피를 한번
적어보세요.

내 짐이 아니라면
내려놓아도 좋아요

모두가 어깨 위에 커다란 짐을 하나씩 지고 있습니다.

그 무거운 짐을 지고 각자의 길을 힘겹게 걷고 있지요.

그런데 심지어 타인의 짐을 도맡아 들기도 합니다.

"내가 대신 들어줄게. 나는 괜찮아."

예전에 저도 그랬습니다.

한 집의 장녀로 걱정 한 톨까지 싹싹 긁어 제가 지려 했죠.

그러다 보니 늘 걸음이 더디고, 어깨가 무거웠습니다.

하지만 내 몫 이상의 짐을 지고 가는 일은 쉽지 않습니다.

커다란 짐을 싣고 가는 차도 규정 용량이 있고,

성능 좋은 휴대폰도 최대 용량이 있잖아요.

사람도 마찬가지입니다.

내 짐이나 걱정이 아니라면 조금은 내려놓아도 좋아요.

또 너무 무거운 짐은 누군가와 나눠 져도 됩니다.

때론 옆을 돌아보며 이렇게 이야기해보세요.

"내가 이런 짐까지 발견했는데, 혹시 같이 들어줄 수 있을까?"

오늘은 내 마음의 짐을 덜어내는 날입니다. 내가 지고 있는 커다란 짐은 무엇인가요?

원래
완벽한 사람은 없습니다

어느 날 오랫동안 준비해온 중요한 방송을 마치고 나온 제게
한 선배가 이렇게 말했어요.

  "재은이, 너는 원래 잘하잖아."

어쩌면 엄청난 칭찬이었을지도 모를 그 말이 왜인지 반갑지
만은 않았어요.

  '내가 언제부터 원래 잘하는 사람이었지?'
  '나는 처음부터 잘하는 사람이 아닌데?'

생각해보니 오늘의 방송을 위해 매일 공부하고 남들보다 두
세 배 더 연습하고 노력했던 그 시간을 '원래'라는 한 단어로
정의해버리는 것이 불편했던 거지요.
하나의 열매를 얻기 위해 농부는 밭을 갈고 씨앗을 뿌리고 물

을 줍니다. 그런 다음에는 싹이 트기를 기다리지요. 싹이 튼 다음에는 또다시 물을 주고 거름을 주고 비바람에 쓸려가지 않도록 단단히 매어둡니다. 꼬박 1년을 정성을 들이고 시간을 투자하지요. 세상에 거저 주어지는 것은 없습니다.

그 시간이 없었다면, 그 노력이 없었다면 오늘의 나도 없다는 사실을 잘 알기에, 앞으로 누구에게도 '원래'라는 말은 하지 않기로 다짐합니다.

"원래 완벽하잖아."

"원래 그랬잖아."

아니요. 원래 그런 것은 없습니다.

'원래' 그런 것은 없습니다.

모든 것이 시간과 노력을 들인 결과입니다.

새로움을 찾아
떠나는 날

때때로 삶이 재미없고 무기력하게 느껴질 때가 있나요? 그건 변화가 필요하다는 신호예요. 하지만 우리는 사는 게 바빠서 이 중요한 신호를 무시하는 경우가 많지요. 그런데 이런 증상은 약간의 새로움을 접하는 것만으로도 치유할 수 있어요!

일단 새로운 곳으로 무작정 발길을 돌려보세요. 평소에 가본 적 없던 동네를 걸어도 좋고, 걷다가 우연히 보이는 맛집에 들어가서 난생처음 본 음식도 먹어보고요. 새로운 동네, 새로운 맛집, 새로운 음식, 새로운 친구, 새로운 풍경, 새로운 무언가……

무엇이든 좋아요! 일주일에 하루 시간을 정해서 새로움과 만나는 시간을 주는 거예요. 반복되는 일상의 루틴을 벗어나 삶에 자극을 주는 거죠. 그러면 작은 무언가에도 커다란 활력을 얻고 어쩌면 나도 몰랐던 놀라운 길을 발견할 수 있어요. 삶의 어느 한 부분만큼은 새로움을 맛볼 수 있도록 가능성을 열어두는 거예요.

실제로 새로움을 꾸준히 경험하면 창의적인 사고를 하게 되고, 자아 발견과 개인적인 성장을 촉진할 뿐만 아니라 유연성과 적응력까지 강화된다는 연구 결과를 본 적이 있습니다.

안정적인 삶도 좋지만 때로는 도전과 모험이 필요해요. 더 충만한 삶을 위해 우리 자신에게 새로움과 친해질 기회를 주세요. 낯선 무언가를 탐험하는 과정에서 얻는 기쁨과 행복을 놓치지 마세요.

오늘 발견한 새로움은 무엇인가요?

68일　　　오롯이 나만의 길을
　　　　　　　 꿋꿋하게 가도록

내게 벌어지는 일들 앞에서

너무 들뜨지도 흥분하지도 말자.

차분하고 평온한 마음으로 단순하게 생각하자.

담담하고 태연하게 받아들이자.

온화하고 부드럽게, 때로는 조금 둔감해질 줄도 알자.

조금 모자라도 만족하자.

내가 틀릴 수도 있다는 사실을 인정하자.

작은 것에 집착하거나 얽매이지 말자.

너무 서두르지 말고 느긋하게 가자.

흔들리지도 휘둘리지도 말고

오롯이 나만의 길을 꿋꿋하게 가도록.

흔들리지도 휘둘리지도 말고
오롯이 나만의 길을 꿋꿋하게 가도록.

69일

마음을 치유하는
자서전 쓰기

넷플릭스 드라마 〈정신병동에도 아침이 와요〉를 보신 적 있
으세요? 정신건강의학과에서 근무하는 간호사와 환자들의
이야기를 그린 웹툰 원작 드라마인데요. 현대인의 대표적인
질환인 우울증, 불안장애, 공황장애 등을 앓고 있는 인물들이
등장해요.

놀라운 점은 등장인물 모두 크고 충격적인 사건이나 사고 때
문이 아니라, 평범한 일상을 겪다가 마음의 병이 시작된다는
거예요. 그중에서도 자녀를 키우며 직장에 다니는 한 워킹맘
의 사연을 다룬 에피소드가 기억에 남는데요.

그는 아이들을 키우며 회사에서도 자기의 역할을 다하려고
발버둥 치며 살아가다 보니 어느 날 자신도 모르는 사이에 우
울증이 찾아왔지요. 그저 피로감이라고 생각하고 넘겨왔지
만, 막상 진단을 받아보니 가성치매였습니다. 가족들을 돌보
느라 정작 자기 자신을 돌보지 못하다 보니 몸과 마음에서 보
내는 위험 신호를 놓치고 살았던 거죠.

의사는 그에게 '자서전'을 써보라고 권해요. 삶에서 중요한 사건들을 써보고 그때마다 어떤 감정을 느꼈는지 적어보라고요. 그러고는 기록한 내용을 쭉 읽어보면서 부정적인 대목에 밑줄을 그어보라고 합니다. 그때 당시 내 생각이 왜 부정적이었는지, 왜 우울했는지, 왜 힘들었는지 마음을 정리하는 방법이라고 하면서요.

그는 자서전을 쓰고 부정적인 내용에 줄을 긋기 시작했어요. 초반엔 밑줄 칠 내용이 많지 않은데 뒤로 갈수록 우수수 밑줄이 많아졌지요. 결혼하고 출산 후 아이를 키우면서 직장 일 때문에 아이에게 집중하지 못했던 미안함, 자책과 후회가 쌓여간 거죠. 그렇게 자서전을 쓰는 치료 과정을 통해 내면에 있는 감정들을 마주하고, 힘든 마음과 상처를 스스로 보듬을 수 있었습니다.

에피소드 마지막에 그가 자신과 비슷한 삶을 사는 간호사를 보며 마치 자기 자신에게 이야기하듯 이렇게 말해요.

"너무 애쓰지 마. 너 힘들 거야. 모든 걸 다 해주고도 못 해준 것만 생각나서 미안해할 거고. 다 네 탓 할 거고 죄책감 들 거야. 네가 다 시들어가는 것도 모를 거야. 인생이 전부 노란색일 거야. 노란불이 그렇게 깜빡이는데도 넌 모를 거야. 아이의 행복 때문에 네 행복에는 눈 감고 살 거야. 근데 네가 안 행복한데 누가 행복하겠어?"

내 감정을 먼저 살피고 나를 먼저 생각하는 일이 무조건 이기적인 일이 아니에요. 그러니 더 자주, 더 많이 내 몸과 마음을 들여다봐야 해요. 오늘은 '자서전 써보기' 셀프 처방을 내려주세요. 삶의 중요한 순간들을 글로 쓰면서 내 감정을 마주하고 상처를 보듬는 시간을 가져보세요.

'네가 안 행복한데, 누가 행복하겠어?'
'맞아, 내가 행복해야지!'

나의 자서전을 적어볼까요? 내게 있었던 중요한 사건들과 그에 대한 감정을 적어보고 부정적인 단어를 찾아보세요. 그리고 왜 힘들었는지 곰곰이 생각하며 마음을 정리해보세요.

아침은 다시 찾아오고
새로운 태양이 떠오를 테니까

저 언덕을 올라 더 높은 곳으로 나아가리.

빛나는 불빛을 모두 쫓으리.

때로는 넘어져도

땅을 다시 박차고 일어나면 그만이야.

아침은 다시 찾아오고

새로운 태양이 떠오를 테니까.

Climb these hills, I'm reaching for the heights.

And chasing all the lights that shine (lights that shine).

And when they let you down (it's another day of)

You'll get up off the ground (it's another day of).

Cause morning rolls around

And it's another day of sun.

_영화 〈라라랜드(La La Land)〉 OST 'Another day of Sun' 중에서

때로는 넘어져도 땅을 다시 박차고 일어나면 그만이야.
아침은 다시 찾아오고 새로운 태양이 떠오를 테니까.

나를 증명하려고
애쓰지 마세요

문득 결승점까지 가는 길이 너무 멀고 아득해 보여 그만두고 싶을 수도 있습니다. 어쩌면 그 과정이 깨진 항아리에 물을 붓는 일처럼 보일 수도 있고, 계란으로 바위 치기 같아 보일 수도 있지요.

하지만 차곡차곡 쌓아가는 그 노력의 시간들은 우리도 모르는 사이에 우리의 마음과 삶 속에 깊이 뿌리내려서 어떤 위기에도 흔들리지 않게 붙잡아줄 거예요.

어떤 분야의 전문가가 되기 위해 필요한 시간을 명시한 '1만 시간의 법칙'도 결국은 꾸준히 하는 사람이 이긴다는 말입니다. 지금까지 내가 쌓아온 시간과 노력들을 믿고 나아가세요. 그러면 타인의 평가에 연연하지 않게 되고 누군가에게 나를 증명하려고 부단히 애쓰며 인생을 소모하지 않게 됩니다.

외부로 향하는 힘을 빼는 순간, 이미 당신은 이긴 거예요.

나는 나의 시간과 노력들을 믿고 나아갑니다.

당신의 선택이
결국 최고의 선택입니다

저는 우유부단한 성격 때문에 뭔가 선택하는 일을 어려워해
요. 왜, 메뉴 주문할 때 '이거 먹을까? 저거 먹을까?' 망설이
다가 막상 주문하고 나서도 '아, 다른 거 시킬 걸 그랬나?' 후
회하는 사람 있잖아요. 제가 바로 그런 사람입니다.
다른 사람과 한참 이야기를 하고 나서도 늘 후회하곤 했죠.

'아, 그때 이렇게 말했어야 했는데.'
'아, 그 말은 하지 말았어야 했는데.'

후회로 얼룩진 시간을 보내는 나 자신이 싫었고, 나는 왜 이
러는 걸까 자책도 많이 했어요. 결론은 하나였어요. 내가 나
를 온전히 믿어주지 못해서, 그래서 나의 선택에 대해 확신을
갖지 못했던 거예요.
나를 믿지 못한 것에 스스로에게 미안하고 민망해지더라고
요. 그 뒤로는 내가 어떤 선택을 하든 뒤돌아보지 않기로 했

어요. '이랬어야 했다', '저랬어야 했다' 같은 의미 없는 생각은 더는 하지 않기로 했어요. 최고는 아니었을지라도 그때의 나는 최선을 선택했으니까요. 그때의 선택으로 지금의 내가 있고, 그 선택들이 모여서 나를 지금 여기로 인도해주었으니까요.

아마 다시 돌아간다고 해도 같은 선택을 할 거예요. 나는 오늘도 나의 선택을 응원합니다.

나는 오늘도 나의 선택을 응원합니다.

계획적인 삶이 주는
기쁨 10가지

❶ 안정감을 준다.

❷ 불안감을 없앨 수 있다.

❸ 외부 환경에 끌려다니지 않는다.

❹ 내가 나의 삶을 주도할 수 있다.

❺ 어떤 상황에서도 당황하지 않는다.

❻ 허둥대지 않고 대처할 수 있다.

❼ 우선순위에 맞게 일을 처리할 수 있다.

❽ 생활에 여유가 생긴다.

❾ 목표가 명확해져서 힘을 낭비하지 않는다.

❿ 내가 원하는 일을 이룰 수 있다.

보너스 한 가지, 혹시 길을 잃더라도 결국엔 꿈에 닿는다!

혹시 길을 잃더라도 두려워하지 말자.
결국엔 꿈에 닿으니까.

공허를 채우는
혼자 있는 시간

많은 사람 속에서 북적북적 지내면
텅 비어 있는 마음을 메울 수 있을 거라 생각합니다.
하지만 사람들 사이에 있어도 채워지지 않는 마음이 있어요.
사람에게 기대서는 절대 채워지지 않는 공간이지요.
그 공간은 무엇으로 채울 수 있을까요?
바로 나만의 시간을 보내며 가득 채울 수 있습니다.

매일 시간을 내어 혼자 있는 순간을 만들어보세요.
다른 사람이 나를 어떻게 바라보는지 신경 쓰지 말고
내가 생각하는 내 모습에 가만히 주의를 기울여보세요.

하루에 두 번 이상은 하늘을 보며 머릿속을 비워보세요.
책을 읽다가 발견한 좋은 글귀를 종이에 써보세요.
지금 내 마음은 어떤 상태인지 적어보는 것도 좋아요.

혼자서도 잘 지내는 사람은 관계에 집착하지 않습니다.
내가 원하는 것이 무엇인지 잘 알고 있기에
사람에게서 나의 갈증을 채우려 하지 않아요.
나를 위한 시간을 보내면 결국 관계도 나아집니다.

오늘 다른 이들에게 기대어 행복을 찾으려 했나요?
혼자만의 시간을 보내며 힘을 빼는 연습을 해보세요.
공허했던 마음이 어느새 충만하게 채워져 있을 거예요.

혼자서도 잘 지내는 사람은 관계에 집착하지 않습니다.

자라나는 속도가 달라도
모두 같은 꽃입니다

씨앗이 뿌리를 내리고 새싹이 되기까지

꽃망울에서 예쁜 꽃을 피워낼 때까지

모든 식물은 각자만의 속도를 지키며 자라고 있습니다.

서두르면 씨앗은 다음 과정으로 나아갈 수 없습니다.

사람 또한 마찬가지입니다.

서두를수록 실수를 저지르고

상황을 바로잡느라 시간을 흘려보내죠.

누구는 나보다 빨리 이루었는데…….

누구는 더 좋은 방향으로 나아가고 있는데…….

비교하며 성급하게 행동하기보다

꾸준히 자기의 속도를 유지할 때 결과를 얻을 수 있어요.

식물은 저마다의 속도를 지키며 결국 꽃을 피워냅니다.

우리도 저마다의 속도로 인생을 통과합니다.

자라나는 속도가 달라도 모두 같은 꽃입니다.

식물은 저마다의 속도를 지키며 결국 꽃을 맺습니다.

우리도 저마다의 속도로 인생을 통과합니다.

자라나는 속도가 달라도 모두 같은 꽃입니다.

4장
긍정을 피워내는 한 줄

: 정성스레 보듬어 꽃 피우기

유명한 양파 키우기 실험이 있습니다. 나쁜 말을 들었던 양파는 비실비실한 모습으로 자랐지만, 예쁜 말을 들었던 양파는 튼튼하고 고른 모양으로 자라났다고 해요. 이처럼 내 안에 좋은 마음을 피워내기 위해서는 밝고 긍정적인 마인드를 체득해야 하지요. 나의 마음에 꽃이 활짝 피어날 수 있도록 예쁘고 좋은 말을 읽고 써보세요.

오늘 가장 빛나는 너에게

하루 끝에 서 있는 당신에게

오늘을 잘 살아낸 것도 능력이에요.
당신의 오늘은 그 자체로 빛이 나요.
내일도 그렇게 반짝이는 하루가 될 거예요, 분명히.

만약 마음 흐린 하루를 보냈다면
다가오는 내일의 햇살에 구름을 몰아내 버리세요.

좀 괜찮은 오늘을 보냈다면 잠자리에 들며
내일은 조금 더 나은 시간을 보내길 짧게 읊조려봐요.

당신은 오늘도 빛났고
내일은 더 빛날 거예요.

오늘을 잘 살아낸 것도 능력이에요.

당신의 오늘은 그 자체로 빛이 나요.

내일도 그렇게 반짝이는 하루가 될 거예요, 분명히.

행복의 답은
지금 여기에 있어요

"사소한 즐거움을 잃지 않는 한 인생은 무너지지 않는다."

정신과 전문의로 50년간 환자들을 진료하고 학생들을 가르친 이근후 교수님의 말입니다. 이근후 교수님은 행복은 '강도'보다 '빈도'가 중요하다면서, 엄청나게 큰 행복을 찾기보다는 일상에서 발견하는 작은 즐거움을 누려야 한다고 강조했어요.

"행복의 답은 지금 여기, 내 가슴에 담겨 있다.
고개를 들어 저 멀리 하늘을 보자.
지금에 감사하자. 여기에 행복해하자. 오늘에 충실하자."

작고 사소한 것에서 즐거움을 찾고 숨겨진 행복을 발견하는 하루, 바라보기만 해도 아름다운 것들을 충만하게 담아서 나누는 오늘을 보내자고 다짐합니다.

행복의 답은 지금 여기, 내 가슴에 담겨 있다.

고개를 들어 저 멀리 하늘을 보자.

지금에 감사하자. 여기에 행복해하자. 오늘에 충실하자.

새로운 영감을
찾게 해주는 꿈 일기

저는 종종 '꿈 일기'를 씁니다. 아침에 일어나서 밤새 꾸었던 꿈의 내용을 적는 건데요. 불안할 때 꾸는 꿈, 중요한 일을 앞두고 압박감을 느낄 때 꾸는 꿈, 마음이 평온할 때 꾸는 꿈 등 지금 내 상태에 따라 달라지는 꿈의 내용을 마주할 수 있어요. 꿈을 적은 뒤 다시 들여다보면 지금 내 마음이 어떤지 알아낼 수 있습니다. 꿈을 통해 자신의 감정과 욕구를 이해하고 내면의 상태를 들여다보는 거죠.

때론 글을 쓰는 대신 그림을 그리기도 합니다. 꿈에서 보았던 장면들, 기억하고 싶은 감정을 그림으로 남기는 거예요. 꿈에서 보았던 커다란 고래, 그 고래가 이끄는 배 위에 올라탄 내 모습, 그렇게 함께 세계 곳곳을 누비는 장면까지.

생각할 수 없었던 창의적인 그림이 탄생하죠. 좋은 꿈이든, 나쁜 꿈이든 그림으로 그리고 나면 신기하게 새로운 영감이 찾아와요. 무엇이든 시작하고 싶은 마음을 만들어줍니다. 미처 알지 못했던 열정을 끄집어내 주는 것 같아요.

무엇보다 꿈 일기는 꿈꾼 내용을 적거나 그리는 과정을 통해 진정한 나를 알아가게 해주고, 내면의 나와 더 깊이 소통하게 해줍니다.

여러분은 어떤 꿈을 꾸었나요? 꿈에서 보았던 장면을 글로 적거나 그림으로 표현해보세요.

꿈에서 보았던 인상 깊은 장면이 있나요? 글이나 그림으로 자유롭게 표현해보세요.

낭만을 찾으려면
귀찮음을 감수해야 한다

새로운 달이 되어 달력을 넘겨보면 그달의 공식 이벤트가 쓰여 있습니다. 명절인 설날, 로맨틱한 밸런타인데이, 모두가 즐거워하는 성탄절까지.

저는 가끔 '나만의 이벤트 데이'를 만들어요. 누군가 정해준 게 아니라 제가 일부러 만든 이벤트입니다. 작가 조승연님은 '굳이 데이'라고도 부른대요. '굳이 그렇게까지 해야 할까?' 생각이 드는 일들을 하는 거죠. '낭만을 찾으려면 귀찮음을 감수해야 한다'라는 멋진 말과 함께요.

'굳이 데이' 이벤트

❶ 주말 또는 일요일에 '굳이' 7시에 일어나 아침 산책하기

❷ 조개구이는 집 근처에서 먹어도 되지만 '굳이' 인천까지 가서 먹고 오기

❸ 샐러드는 사 먹어도 되지만 '굳이' 시장에 가서 이것저것 사 와서 직접 만들어 먹기

이벤트 데이를 직접 정하다 보면 그날그날 새로운 활력이 생겨요. 매일 똑같은 일상이 아니라 무언가 다른 일이 생기기 때문이죠. 자연스레 새롭게 느끼는 감정도 생기고 관계도 더욱 좋아질 수 있습니다. 오늘도 저는 어떤 이벤트 데이를 정할지 생각하느라 벌써 설레고 있습니다.

당신의 이벤트 데이는 어떤 게 있을까요? 사소한 것도 괜찮으니 생각나는 대로 적어보세요.

사소한 말 한마디로
행복을 선물해요

"안녕하세요? 좋은 아침입니다."

"오늘도 고생 많으십니다. 좋은 하루 보내세요."

"오늘따라 더 멋져 보이네요! 역시 당신이 있어서 힘이 나요."

"당신이라면 할 수 있어요! 실수해도 괜찮아요."

"긴 하루를 보내느라 고생했어요. 참 잘한 일이에요."

"하고 싶은 걸 해도 좋아요. 언제나 함께할게요."

마음속 긍정 한 줄

당신이라면 할 수 있어요!
실수해도 괜찮아요.
하고 싶은 걸 해도 좋아요.
언제나 함께할게요.

스스로
칭찬하는 날도 있어요

우리는 칭찬에 인색합니다. '겸손이 미덕'이라는 사회적 풍토 때문일까요. 칭찬을 들으면 민망함에 '아니에요!' 하며 한사코 거절하는데요. 무조건 부정하기보다는 긍정하는 건 어떨까 생각해요. 혹시 칭찬 듣는 게 어색하면 일단 내가 나를 먼저 인정해보면 어떨까요?

내 모습 그대로 이미 충분하지만 그래도 칭찬하기 어렵다면 나를 인정할 수 있는 근거를 만들어봅시다. 오늘 내가 잘한 일, 사소하지만 인정받을 만하다고 생각되는 일들을 하나씩 적어보세요.

'오늘 씩씩하게 인사를 잘했어.'
'도움이 필요한 사람에게 용기 내 친절을 베풀었어.'
'프로젝트를 잘 마무리했어.'

이렇게 스스로 인정하는 습관을 쌓아가는 거예요. 자신을 칭찬하면 자존감을 쌓을 수 있어요. 내가 먼저 나를 수용하고 인정해주지 않으면, 아무리 많은 사람에게 인정을 받아도 텅 빈 마음이 채워지지 않습니다.

내가 잘했든, 잘못했든 궁극적으로 나라는 존재를 인정해주는 연습이 필요해요! 성과나 결과 같은 어떤 행위에 대한 칭찬도 물론 중요하지만, 그저 존재만으로도 소중한 나 자신을 조금 더 아끼고 사랑하고 칭찬해주세요.

오늘 내가 잘한 일, 사소하지만 인정받을 만하다고 생각되는
일들이 있나요? 최대한 많이 적어보세요.

나만의 마음 울타리를 세워요

세상에는 나를 둘러싼 여러 관계가 있습니다.

때론 그 관계들이 나를 지켜주는 울타리가 되기도 하지만,

내 마음을 지켜줄 나만의 울타리를 먼저 세워야 합니다.

마음 울타리는 누군가 들어오는 것을 막는 게 아니에요.

마음에 좋지 않은 감정들이 침범하는 걸 막는 거예요.

제 마음 울타리는

자존감, 용기, 사랑, 감사, 열심, 열정으로 되어 있어요.

누군가 제 마음을 파괴하려 할 땐 자존감의 울타리로 막고,

욕심으로 힘들 땐 감사의 울타리로 막고,

눈앞의 일이 하기 싫을 땐 열심 울타리로 막아내고,

사람들과 함께 시간을 보낼 땐 열정 울타리를 세우지요.

든든한 울타리 덕분에 제 마음 정원은 언제나 싱그러워요.

여러분도 매일 하나씩, 마음을 지켜줄 울타리를 만들어보세요.

지금 나의 마음 울타리는 어떤 것으로 되어 있나요?

마음 근육을 길러서
상처를 예방해요

열심히 운동한 다음 날, 다리가 떨리고 온몸이 뻐근하고 일어
나기도 어려울 만큼 고통스러운 근육통, 다들 경험해본 적 있
으시죠? 저도 이 근육통을 이겨내지 못하고 '하루만 쉬자, 딱
하루만!' 하다가 결국 운동하기로 한 결심이 꺾이곤 했는데
요. 그래서 어떻게 하면 근육통을 예방할 수 있는지, 또 잘 풀
어낼 수 있는지 찾아본 적이 있어요.

제일 중요한 건 충분한 '준비운동'과 '정리운동'이라고 해요.
준비운동은 부상을 방지하고 운동에 적응할 수 있는 몸 상태
를 만들어주고요. 정리운동은 운동 이후 근육 속에 쌓인 젖산
을 효과적으로 제거해준다고 해요. 준비운동과 정리운동으
로 하루하루 단련하면 쉽게 지치지 않는 강한 근육을 가질 수
있습니다.

우리 마음도 마찬가지가 아닐까 싶어요. 외부에서 들어오는

일이나 나의 부정적인 생각 등 많은 것들로 마음이 떨리고 이리저리 흔들리는 경우가 많죠. 그러니 상처를 예방하는 동시에 튼튼한 마음의 근육이 필요해요. 마음의 근육을 단단하게 다지기 위해 충분한 준비운동과 정리운동을 하는 거지요.

보통 준비운동은 열심히 해도 정리운동은 그냥 건너뛰는 경우가 많은데요. 정리운동도 준비운동만큼이나 중요해요. 하루의 일과를 마치고 지친 마음과 피로를 빨리 털어낼 수 있도록, 혹시 발생할 수 있는 마음의 부상을 방지하도록 마음의 정리운동을 충분히 해주세요. 감정 일기를 쓰거나 명상을 하며 지우고 싶은 경험을 머릿속에서 내보내는 방법도 좋아요.

그렇게 차근차근 나아가다 보면 몸의 근육만큼 마음의 근육도 단단해져 있을 거예요.

오늘 나는 어떤 마음의 준비운동을 했나요?

일과를 마친 후 마음의 정리운동을 충분히 했나요?

시작이 힘들 땐
문구의 힘을 빌리자

저는 노트와 연필, 만년필 같은 문구를 좋아하는 자칭 '문구 덕후'인데요. 어디를 가든 꼭 주위 문구점에 들리고 종이 냄새를 맡으며 한참 시간을 보내곤 합니다. 그래서 제 책상에는 늘 다양한 종류의 문구들이 가득하지요.

종종 '아직도 노트에 글을 적어요?', '아직도 연필을 써요?' 같은 질문을 받기도 해요. 물론 휴대전화나 태블릿 PC 같은 전자기기도 좋지만, 제가 아날로그를 고집하는 이유! 바로 이것입니다.

문구에는 무언가 새롭게 시작하게 해주는 힘이 있다.

새 학기가 되어 새 학용품을 살 때의 설렘, 다들 느껴보셨죠? 새 노트의 첫 페이지를 펼칠 때의 그 기분! 새롭게 시작할 기회가 주어졌다는 설렘과 앞으로 다가올 나날들을 멋지게 채워가겠다는 다짐까지. 그 모든 마음이 무언가를 시작하고 앞으로 나아가는 데 힘이 되어줍니다.

직접 연필을 쥐고 무언가를 쓰는 것만으로도 마음을 다스리는 좋은 방법이 될 거예요. 실제로 글쓰기가 정신 건강에 좋다는 연구도 많이 있어요. 그래서 저는 마음이 불안하거나 심란할 때 일단 노트를 펼치고 끄적이기 시작해요. 쓰다 보면 생각이 정리될 뿐만 아니라 나 자신과 소통하면서 깊은 곳에 있던 감정을 마주할 수 있거든요.

시작의 설렘을 느끼고 싶다면, 나 자신과 대화하고 싶다면 문구의 힘을 한번 빌려보세요!

오늘은 어떤 문구로 무슨 글을 쓰고 싶나요? 무엇이든 괜찮지
만 첫 단어로는 기분 좋은 말을 쓰면 좋겠어요.

하루에 세 가지
친절 베풀기 챌린지

언젠가 스스로 이런 약속을 했어요.

'하루에 딱 세 개씩만 친절을 실천하자.'

다른 누군가에게 건네는 위로와 응원, 칭찬일 수도 있고요. 마주치는 사람들에게 밝은 미소로 인사를 건네는 것일 수도 있겠죠. 사무실에 떨어져 있는 쓰레기를 주워서 버리거나, 동료에게 따뜻한 모닝커피 한잔을 건네는 등 무엇이든 좋으니 하루에 딱 세 가지만 친절을 실천하자고 다짐했죠.

'뭐, 세 개쯤이야……. 별거 아닌데?'

혹시 이렇게 생각하셨나요? 저도 처음엔 그랬는데요. 누군가에게 호의를 베푸는 일이 생각보다 쉽지 않더라고요. 일단 친절을 실천하려면 다른 사람에게 관심을 가져야 하고, 귀찮은 마음을 떨쳐내야 하고, 용기도 많이 내야 했어요. 작은 친절에도 엄청난 노력이 필요하더라고요.

하지만 그런 노력을 거쳐서 다짐한 것들을 하나씩 실천하다 보니 알게 된 사실이 있습니다. 그 형태가 무엇이든 친절은 상대방을 행복하게 만들 뿐 아니라 나 자신도 행복하게 만든 다는 사실이었죠.

다정한 말을 건네면 내 마음도 따뜻해지고, 작은 도움의 손길 을 건네면 무너져 있던 내 마음도 함께 일어설 수 있어요. 환 한 미소로 인사를 건네면 나의 하루가 그만큼 더 밝아져요.

친절은 우리 모두를 행복하게 하는 강력한 힘이 있어요. 상대 를 위해 그리고 나를 위해 실천할 수 있는 친절은 어떤 것이 있을까요?

내가 누군가에게 베풀 수 있는 친절은 어떤 것이 있을까요?

누군가의
응원 단장이 되어주세요

우리 모두에겐 나를 응원해주는,
기운을 불어넣어주는 누군가가 있어요.

언제나 내 편이 되어주는 아빠
따뜻하고 다정한 말로 위로해주는 엄마
항상 언니가 최고라고 말해주는 동생
무슨 이야기든 다 들어주는 친구들까지
주위를 둘러보세요.
나를 지켜주는 사람들이 이렇게나 많답니다.

매일 나를 더 나은 사람으로 만들어주고
나의 모든 순간을 믿어주고
나의 꿈을 지지해주는 사람들처럼
오늘은 저도 누군가의 응원 단장이 되어보려고요!
굳이 거창한 말이 아니어도 괜찮아요.

상대의 말을 귀 기울여 듣고 있다는 눈빛
이야기 중간에 살짝 지어 보이는 미소
힘내라는 한마디를 꾹꾹 눌러 적은 쪽지
누군가 내가 이야기할 때까지 기다려주는 마음
방식은 달라도 사랑하고 아끼는 마음은 모두 같아요.

오늘, 누군가의 응원 단장이 되기로 한
당신을 응원합니다.

우리 모두에겐 나를 응원해주는 누군가가 있어요.

방식은 달라도 사랑하고 아끼는 마음은 모두 같아요.

87일 ♥ 당신의 인생은
축복입니다

인생은 축복이니 낭비하지 마세요.
미래는 아무도 모르는 법이니까요.

I figure life is a gift and

I don't intend on wasting it.

You never know what hand

you're gonna get dealt next.

_영화 〈타이타닉(Titanic)〉 중에서

인생은 축복이니 낭비하지 마세요.
미래는 아무도 모르는 법이니까요.

치열했던 시간을 보내고 한번 나에게 안부를 물어보세요.

'오늘 하루 어땠어? 별일 없었어?'

'힘든 일은 어떤 거고, 좋았던 일은 어떤 거야?'

'어제와 다르게 특별한 일은 없었어?'

타인이 말해주길 기다리지 말고 스스로 나의 안부를 물어보세요. 누군가의 말에 답하려면 생각지 못했던 꾸밈말이 나올 수도 있고, 그저 예의만 차리다 끝나버릴 수 있습니다.

스스로 나의 안부를 묻고 솔직하게 답해보세요. 나만 듣는 이야기니까 마음 툭 터놓고 이것저것 이야기해봐요. 저도 오늘은 저 자신에게 따스한 안부 인사를 건네봅니다.

'재은아, 오늘 하루는 어땠어?'

나에게 안부를 물었을 때, 어떤 일이 가장 먼저 떠오르나요?
그 일로 내 마음과 기분이 어땠는지 솔직하게 써보세요.

10년 전 나에게
해주고 싶은 말

만약 시간을 거슬러 올라가

10년 전 나를 만날 수 있다면,

과거의 나에게 해주고 싶은 말.

거창한 한 마디나

다가올 일에 대해 언질을 주는 것보다는

이렇게 말하고 싶어요.

　　잘하고 있고 결국 잘 해낼 거라고,

　　그러니까 절대 포기하지 말라고,

　　외로워하지도 불안해하지도 말라고,

　　그저 나 자신을 조금 더 사랑하라고.

여러분은 10년 전 나에게 어떤 말을 전하고 싶나요?

시간을 거슬러 올라갈 수 있다면 과거의 나에게 어떤 말을 해
주고 싶나요?

소질 좀 없으면
어떤가요

소질의 사전 정의는 '본디부터 가지고 있는 성질. 또는 타고난 능력이나 기질'이랍니다. 흔히 "나는 공부에 소질이 없어. 손재주에도 소질이 없는 것 같아." 같이 이야기하죠.

그런데요 여러분, 소질 좀 없으면 어떤가요. 공부에, 운동에, 말하기에, 노래에 소질이 없으면 어떤가요. 본래 갖고 있던 소질도 갈고닦지 않으면 사라지고, 소질이 없던 것도 연습에 노력을 거듭하고 연마하면 결국은 나의 것이 됩니다.

오늘 하루가 힘들었고 일이 잘 풀리지 않아서 자신은 타고난 소질이 없다고 생각하지 마세요. 하나씩 해나가다 보면 분명 어느 한 가지 소질을 지닌 사람이 되어 있을 거예요.

본래 갖고 있던 소질도 갈고닦지 않으면 사라지고
연습에 노력을 거듭하면 결국은 그것이 나의 소질이 됩니다.

그동안 애썼어요,
이제 앞으로 나아가세요

우연히 유튜브에서 음악을 듣다가 한 플레이리스트에 달린 댓글을 보게 되었어요.

> '옛날 일에 뭐하러 집착해. 현재 널 행복하게 하는 것들에 집 중해. 이미 지난 과거로 현재를 그르치지 말자고.'

많은 사람이 이 댓글에 공감의 대댓글을 남겼어요. 그중에 가 장 기억에 남는 대댓글.

> '고마워, 나 앞으로 나아갈게.'

우리는 종종 지나간 일을 곱씹으며 후회할 일들을 기어코 찾 아냅니다. 혹시 후회할 일이 없다면 애써 그간의 기억과 아쉬 움을 끄집어내지요. 어떻게든 후회의 끈을 붙잡고 놓아주지 않습니다.

이제 이런 집착은 그만하기로 해요. 지난 과거만 생각하다 현재를 그르치지 않기로 해요. 아쉬움이나 그리움은 물론 있을 수 있겠죠. 그래도 그때의 나는 최선을 다했으니까, 고민과 후회로 소중한 지금을 낭비하지 말아요.

대신 지금 할 수 있는 일에 집중하는 거예요. 눈을 돌려 다른 일에 마음을 쏟는 거예요. 이제 과거에 대한 집착에서 벗어나 홀가분한 기분으로 나에게 이야기해주세요.

'그동안 애썼어. 고마워, 이제 나 앞으로 나아갈게.'

그동안 애썼어. 고마워, 이제 나 앞으로 나아갈게.

방전된 당신을
충전해드립니다

더 빨리 뛰어라.

더 많이 배우고 성장하라.

더 일찍, 더 늦게까지 일하라.

힘을 주기는커녕 나를 소진시키는 말들이 있습니다.

오늘은 방전된 당신을 충전해드립니다.

가만히 서서 오늘 당신이 못 한 게 아닌

무엇을 했는지를 뒤돌아보세요.

빨리 뛰지 않았어도 적정 속도로 뛰었다면 충분해요.

어제보다 1센티미터라도 성장했다면 정말 대단해요.

업무 시간에 한 가지 일이라도 완료했다면 칭찬해요.

사소한 일이라도 누군가를 도와주었다면 훌륭해요.

오늘 하루 수고하셨어요.

마음속 긍정 한 줄 ✦

빨리 뛰지 않았어도 적정 속도로 뛰었다면 충분해요.
어제보다 1센티미터라도 성장했다면 정말 대단해요.
오늘 하루 수고했어요.

내 마음속
숨은감정찾기

가끔 무료한 시간에 숨은그림찾기를 합니다.

절묘하게 그려진 숨은 그림들을 발견할 때마다

'이런 곳에 숨겨놓았구나!' 하며 그린 이를 존경하게 돼요.

화려한 배경 속 몰래 감춰진 그림을 찾아냈을 때의 쾌감이란!

마치 바닷속 보물이라도 얻은 느낌이지요.

당신의 마음속에서도 숨은감정찾기를 해보세요.

마음에는 나도 모르게 숨어버린 다양한 감정들이 있거든요.

자신감, 감사함, 애틋함, 부끄러움, 두려움…….

플러스 감정부터 마이너스 감정까지.

아마 발견할 때마다 놀라움을 금치 못할 거예요.

'이런 감정이 나한테 있었다고?'

꼭꼭 숨은 감정을 모두 찾아냈나요?

기분을 찾으면서 그동안 나에게 어떤 일이 있었는지,

내가 무슨 마음이었는지 비로소 알게 되었을 거예요.

아마 답답했던 마음도 어느 정도 해소되었을 거예요.

내 감정을 아는 것만으로도 감정이 풀릴 때가 있거든요.

자, 눈을 감고 내 마음을 자세히 들여다보세요.

어떤 감정이 숨어 있는지 찬찬히 찾아보세요.

아무렇지 않은 것 같았던 일상에 절묘하게 가려진,

실은 알아주길 바랐던 감정을 발견할 수 있을 거예요.

요 몇 주간 내게 어떤 일이 있었나요? 그때 어떤 기분을 느꼈나요? 미처 발견하지 못했던 내 감정들을 찾아보세요.

94일 🖤 이름 없는 쪽지가
      남긴 온기

'선배 생각나서 자리에 두고 가요! 다정한 오늘 보내세요!'
'재은 앵커님! 앵커님의 오늘을 응원해요!'
'재은아, 네가 좋아하는 커피! 맛있게 먹고 오늘도 힘내!'

종종 누군가 이름 없이 남기고 가는 작은 메모,
그 안에 가득 담겨 있는 따뜻한 마음이
캄캄했던 저의 하루를 열어주었습니다.
얇은 메모 한 장이지만,
새벽의 빛처럼 밤의 장막을 걷어내 주었지요.
오늘은 제가 여러분께 따뜻한 한 문장 남기고 갈게요.

'당신은 오늘도 빛났고, 내일은 더 빛날 거에요!'

마음속 긍정 한 줄 ◆

나는 오늘도 빛났고, 내일은 더 빛날 사람입니다.

95일 ♥ 나에게
　　　멋진 삶이란

가수 이적 님은 《이적의 단어들》이라는 책에서 '성공'에 대해
이렇게 표현했어요.

　　'싫은 사람과 같이 일하지 않아도
　　먹고사는 데 지장이 없는 상태.'

저는 여기에 조금 더 보태고 싶어요.

　　'마음에 없는 소리를 하지 않아도
　　일하는 데 지장이 없는 상태.'

이것만 안 해도 오늘은 멋진 삶입니다.

내가 그리는 멋진 삶은 어떤 모습인가요?

제가 자주 쓰는 표현 중 '감사랑합니다'라는 단어가 있는데요.
말 그대로 '감사'와 '사랑'을 붙인 표현이에요.
세상 모든 것에 감사하고
세상 모든 것을 사랑하고자 의식적으로 쓰곤 합니다.

힘들고 버티기 어려운 시간이 다가올 때
"이 순간을 감사랑합니다." 나직이 읊조리면
신기하게도 아름다운 추억으로 기억이 돼요.
그렇게 하루하루를 마음에 잘 새기고 싶어서
마음을 행복한 추억으로 물들이고 싶어서
오늘도 몇 번이고 이야기합니다.

"감사랑합니다."

마음속 긍정 한 줄 ◆

내가 살아 있는 지금, 이 순간을 감사랑합니다.

97일 ♥ 특별한 오늘을
만들어보세요

매일 주어지는 그날그날의 질문을 5년 동안 적는 《5년 후 나에게 Q&A》 다이어리북을 아시나요? 이 다이어리북을 살펴보면 2월 29일에는 이런 질문이 나와요.

'오늘은 4년마다 돌아오는 특별한 날이다. 하루를 어떻게 보냈는가?'

그 질문을 보기 전까지는 윤달이 끼인 날이라고 해도 사실 특별한 것 없는 그저 평범한 하루였는데, 4년에 한 번 오는 날이라고 생각하니 더없이 소중하게 느껴지더라고요. 선물처럼 주어진 하루를 더 특별하게 보내고 싶다는 생각도 들고요. 저는 이렇게 적었어요.

- 아끼던 옷을 꺼내 입기

- 평소와는 조금 다른 길로 출근하기
- 좋아하는 사람들과 새로운 음식점에 가기

평소와 마음가짐만 조금 달라졌을 뿐인데 하루가 산뜻해지는 기분이 들더라고요.

우리는 매일 반복되는 하루에 지루해할 때가 많지요. 과거의 후회에 머물거나 미래의 행복만을 추구하면서 현재의 순간을 종종 놓치고 합니다.

지금 내가 서 있는 이 시간을 특별하게 만드는 건 그리 어려운 일이 아니에요. 다시는 돌아오지 않을 한 번뿐인 오늘을, 지금 이 순간을 더 소중히 여기는 시간이 되었으면 좋겠습니다.

오늘이 4년에 한 번 돌아오는 특별한 날이라고 한다면, 여러
분은 어떻게 보낼 건가요?

인생이라는
멋진 여행

인생은 모두가 함께하는 여행입니다.

매일매일 사는 동안 우리가 할 수 있는 건

최선을 다해 이 멋진 여행을 만끽하는 거예요.

We're all traveling through time together, every day of our lives

All we can is do our best to relish this remarkable ride.

_영화 〈어바웃 타임(About Time)〉 중에서

인생은 모두가 함께하는 여행입니다.

매일매일 사는 동안 우리가 할 수 있는 건

최선을 다해 이 멋진 여행을 만끽하는 거예요.

당신은 존재 자체로
기적입니다

"어떻게 해서 아나운서가 됐어요?", "꿈을 이룬 비결이 뭐라고 생각해요?" 같은 질문을 받으면 저는 이렇게 대답해요.

"기적이요."

어떤 사람들은 말도 안 되는 소리라고 합니다. 또 어떤 이들은 겸손 떨지 말라고도 하지요. 하지만 기적이 아니고서는 설명할 길이 없는 일들이 제 삶에는 참 많습니다. 기적이라는게 무언가 엄청난 일이 짠! 하고 벌어지는 것일 수도 있겠지만, 우리 삶 곳곳에서는 기적 같은 일들이 벌어지고 있어요.

나에게 주어진 오늘이 기적입니다.
내가 지금 서 있는 이곳이 기적입니다.
숨을 쉬고 발을 붙이고 살아가는 이 시간이 기적입니다.

내 곁에 있는 사람들이 기적입니다.

나의 존재 자체가 기적입니다.

당연한 것으로 여기지 않고 이 모든 기적에 감사하며 살아갑니다.

마음속 긍정 한 줄 ◆
~~~~~~~~~~~~~~~~~~~~~

무엇이 되지 않아도 나는 존재 자체가 기적입니다.

다양한 식물이 모여
하나의 정원이 되는 것처럼

여러분도 아마 하나쯤은 좋아하는 꽃이나 나무 같은 식물이 있을 거예요. 좋아하진 않더라도 때가 되면 꽃놀이도 가고, 수목원으로 휴식을 취하러 가기도 하겠지요.

아름다운 정원에 다양한 꽃과 식물이 구석구석 자라나고 피어나는 걸 보면 나도 모르게 미소가 지어지고, 싱그런 공기를 들이마시기도 합니다. 스르르 긴장이 풀어지고 아름다운 자연의 선물에 기분이 치유되기도 해요.

마음도 마찬가지입니다. 아름다운 자연의 정원에는 내가 좋아하는 꽃도 있고, 그 옆에 조용히 자란 들꽃도 있고, 푸르른 풀도 있듯이, 내 마음의 정원에도 내가 좋아하는 마음도 있고, 아직 작아서 더 자랐으면 하는 마음도 있고, 나 몰래 자라 버린 마음들도 있습니다.

다양한 식물이 모여 싱그럽고 아늑한 정원을 완성하는 것처럼, 여러 가지 마음과 감정들이 모여 다채롭고 풍요로운 마음 정원을 완성하지요.

만일 정원의 식물이 딱 한 종류만 있다면 어떨까요? 아마도 금세 지루해져서 보는 즐거움이 없을 거예요. 내 마음도 그래요. 다양한 감정이 있기에 나라는 아름답고 특별한 사람이 있는 것이죠.

그러니 내게 조금 부족한 마음, 별로 갖고 싶지 않은 마음, 부정적인 마음이 있다고 해서 너무 나 자신을 비난하거나 책망하지 마세요. 울타리 안에서 찬찬히 가꾸면 되니까요.

다양한 식물이 모여 하나의 정원을 이루는 것처럼, 다양한 감정이 모여 내 안에 마음 정원이 만들어집니다. 그렇게 나라는 사람이 완성됩니다.

다양한 식물이 모여 하나의 정원을 이루는 것처럼
다양한 감정이 모여 내 안에 마음 정원이 만들어집니다.

나가며

세상에서 가장 소중한 당신에게
가장 예쁜 말을 선물하세요

지금까지 읽고 쓰고, 그리고 묻고 답한 여러분 고생하셨습니다. 눈에 예쁜 것을 담으면 자연스레 기분이 좋아지는 것처럼 나에게 예쁜 말을 지속적으로 들려주면 마음에 담겨 있던 부정적인 말과 감정이 조금씩 사라지는 것 같아요. 100일의 여정을 지나오는 동안 스스로에게 들려준 긍정의 문장들은 자신도 모르는 사이에 여러분의 내면에 뿌리내렸을 거예요. 이렇게 자리 잡은 생각들은 크고 작은 인생의 파도를 건너는 동안 든든하게 여러분을 붙잡아줄 겁니다.

무언가를 꾸준히 한다는 것은 대단히 어려운 일이에요. 하지만 우리는 이 책을 따라 100일 동안 필사를 하고, 주어진 질문에 곰곰이 생각해보고, 또 정성껏 답을 적기도 하면서 이